Bianca Karwatt

Herausgeberin

Wald der Emotionen

Anthologie

- Band II -

BoD™
BOOKS on DEMAND

Die geschilderten Personen und Ereignisse sind frei erfunden.
Ähnlichkeiten mit lebenden oder
verstorbenen Personen sind rein zufällig.

Cover:
Azrael ap Cwanderay
Bildmaterial:
www.pixabay.de

Lektorat und Korrektorat:
Lektorat Buchstabenpuzzle Karwatt
www.buchstabenpuzzle.de

1. Auflage

Bibliografische Information der Deutschen Nationalbibliothek:
Die Deutsche Nationalbibliothek verzeichnet diese Publikation
in der Deutschen Nationalbibliografie; detaillierte bibliografische
Daten sind im Internet über http://dnb.dnb.de abrufbar.

Herstellung und Verlag: BoD – Books on Demand, Norderstedt

ISBN: 978-3-7460-5572-5

Bianca Karwatt

Herausgeberin

Wald der Emotionen

Anthologie

- Band II -

Ich möchte nicht viele Worte machen, dennoch möchte ich allen Autoren von Herzen danken, die mir ihre Texte anvertraut haben, um daraus eine Anthologie zu machen. Sehr viele Texte erreichten mich, ehrlich gesagt so viele, dass wir insgesamt vier Anthologien damit veröffentlichen konnten.

Herzlichen Dank, meine Lieben!

Ihnen, lieber Leser danke ich, auch im Namen aller teilnehmenden Autoren, ebenfalls von Herzen, dass Sie mit dem Kauf unserer Anthologie ein privates Tierschutzprojekt unterstützen. Die Spende wird wirklich zu einhundert Prozent für die Tiere verwendet, versicherte mir Linda Marie Haupt.

Vielen lieben Dank!

Und ein letztes herzliches Dankeschön geht an Linda Marie Haupt
Sie kümmert sich nicht nur um Hunde und Katzen, nein, auch Wildtiere, die Hilfe benötigen, erhalten diese von ihr, zu jeder Tages- und Nachtzeit. In den vergangenen Jahren haben wir uns sehr oft darüber unterhalten, welche Tiere sie gerade versorgt. Ob es ein kranker Igel oder ein kleines Kätzchen war, aber auch Entenküken, die keine Mama mehr hatten, alle bekamen Hilfe von ihr. Für sie gibt es keine Unterschiede, Tier ist Tier und man spürt, wie sehr es ihr am Herzen liegt, diesen zu helfen.

**Danke schön, liebe Linda Marie
Haupt, für dein Engagement.**

Nun bleibt mir nur noch, Ihnen viel Spaß beim Spaziergang durch den Wald der Emotionen zu wünschen.

Bianca Karwatt

Garteninspirationen

Komm, geh mit mir in den Garten,
wo manche Wunder auf uns warten.

Wie die Vielfalt deine Sinne beglückt,
wo das Bienchen summt total verzückt.

Des Vogels Zwitschern erreicht dein Ohr,
und du schaust zum Himmel empor.

Nimm den Geruch der Blüten auf,
und achte, wie du reagierst darauf.

Der Schmetterling ist voller Lebenslust,
vertreibt an manchen Tagen dir den Frust.

Die Meisen am Morgen, die Amsel am Abend,
singen dir Lieder, sind erquickend und labend.

Ruft deine Seele nach Freiheit und Ruh,
was du suchst, findest im Garten du.

Schau dich um, schau genau hin,
in der Natur liegt des Lebens Sinn.

© Rosa Rike Bosbach

Wald der Emotionen

Verwirrt, alles so schwer.
Verirrt, leblos und leer.
Kein Ziel, endlich die Kraft.
Zuviel, müde, geschafft.

Ein Licht, der Kopf wird frei.
Verzicht, Angst einerlei.
Voran, schau, alles neu.
Ich kann, bleibe mir treu.

Nur Mut, ist es auch schwer.
Schlecht? Gut? Leben ist mehr.
Schwarz, weiß, Farbe entsteht.
Kalt - heiß, alles vergeht.

Gefühl, tief in dir drin.
Ganz still, alles macht Sinn.
Jung, alt, groß oder klein.
Schon bald, Frieden zieht ein.

© Sylke Eckensberger

Die Biene

Für den Menschen eines der wichtigsten Insekten der Welt. Und hier wo ich lebe, nahe eines Blumenfeldes, leben sie. Sie gehen ihrem Tagesgeschäft nach. Nektar sammeln. Blumen bestäuben. Ich habe das Gefühl, dass es weniger werden. Das Surren, welches vor einigen Jahren noch den ganzen Tag über die Felder verbreitet war, wird leiser.

Und man merkt dies auch beim Einkaufen. In letzter Zeit ist ein großer Teil Lebensmittel und mehr aus den Regalen verschwunden. Die Verkäufer können nicht genau erörtern wieso. Ich schon.

Zwei Drittel unserer Nahrungsmittel werden durch Bienen ermöglicht. Mit ihrem Rückgang werden auch wir leiden. Und trotz dieses Wissens, welches die Menschheit hat, ist sie nicht bereit, daran etwas zu ändern. Sie wird es nie sein.

Ich laufe durch das Blumenfeld, mit einem Teller in der Hand und versuche, das Summen dieser Art in meinen Ohren aufzunehmen. Ich schließe die Augen. Wind umspielt mein Haar und trägt das Surren davon. Mein Fuß stößt auf etwas. Und wieder einer.

Ein verlassener Bienenstock. Unzählige tote Bienen befinden sich im Inneren und drum herum. Ich schaue genauer hin, um vielleicht ein lebendes Exemplar zu finden. Vergebens.

Ich laufe weiter. Das Herz voll mit Trauer. Oder ist es der Hass auf die Menschheit, weil ihr das Leben anderer Arten egal ist? Selbst, wenn ihr eigenes Überleben davon abhängt? Oder ist es eher die Machtlosigkeit, nichts gegen dieses Sterben ausrichten zu können?

Ich weiß nur eins: Die Bienen, die auf diesem Felde fliegen, sind die letzten, die uns noch helfen können, unser Überleben zu sichern.

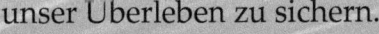

Ich bin an der Feldmitte angekommen. Der Tisch, den ich vor einigen Jahren hier platziert habe, ist bereits verwittert. Auf ihm steht lediglich ein kleiner Teller. Das einzige Indiz, welches mir zeigt, wie viel Zeit den Menschen noch bleibt. Ich tausche ihn aus. Nun ist ein frischer Teller mit Honig platziert, in der Hoffnung, dass in zwei Tagen weniger vorzufinden ist als heute. Und der heutige Teller war mehr als halb voll.

Ich lasse meinen Blick wieder über das Feld schweifen. Ja. Hier leben sie. Nein. Lebt sie. Die letzte verbliebene Art der Bienen. An dem verwitterten Tisch stehend, tausche ich erneut den kleinen Teller aus, auf dem immer mehr Honig übrig bleibt.

Auf dem Weg zu meinem Haus finde ich immer öfter tote und leere Bienenstöcke. Die Masse an Bienenleichen hat sich in den letzten Wochen vervielfacht. Das Surren dieser Wunder ist fast verstummt und wird überdeckt von den Geräuschen von Transportmittel der Stadt.

Weiter durch das Feld streifend wird das zarte Geräusch etwas kräftiger. Ich schließe wieder die Augen, um es zu genießen, solange ich es noch kann. Es trägt mein Innerstes davon in eine Welt, die ich selbst nicht begreifen kann. Dem Summen folgend sehe ich es.

Ein Volk aus fleißigen Wesen, die um jeden Tag kämpfen, den sie kriegen können. Sie wirken bereits entkräftet und schwach. Ich schließe die Augen, um das Geräusch, welches nun intensiver ist, in mir aufzunehmen. Eine Träne läuft an meiner Wange herunter. Nicht nur wegen der Bienen. Dieses Jahr sind auf dem Blumenfeld weniger Blumen als sonst erblüht. Auch dies ist eine fatale Folge des Bienensterbens. Bald gibt es im Supermarkt nur noch Blumen, die ausschließlich durch künstliche Bestäubung entstanden sind.

Ich laufe zu dem verwitterten Tisch und nehme den Honigteller an mich. Wieder zu dem Bienenvolk laufend, wird mir die Katastrophe immer mehr bewusst die uns heimsucht. Nun stehe ich wieder vor ihm. Dem letzten Bienenvolk. Ich stelle den Teller ab und sofort stürzen sich einige Arbeiterinnen auf ihn. Gierig nehmen sie den Honig in sich auf, um ihn zu ihrem Volk zu bringen. Ich hoffe, dass das letzte Volk erblüht, um daraus neue Völker zu bilden.

Abends in meinem Bett liegend schrecke ich aus einem Traum auf. Er war wie ein Weckruf. Mitten in der Nacht, mit einer Taschenlampe in der Hand, laufe ich durch das Feld zum letzten Bienenvolk. Was ich dort vorfinde, raubt mir den Atem.

Zitternd halte ich die Taschenlampe in meiner Hand und betrachte das Grauen. Das letzte Volk. Es ist vergangen. Der kleine Teller mit dem Honig gänzlich unberührt, kauert am Rand eine einsame, kraftlose Biene. Ein kaum wahrzunehmendes Surren, so leise wie ein fallendes Blatt im Herbst, erreicht mein Ohr. Ich trete näher an den Stock heran. Zarte kleine, aber leblose Körper zieren die Waben dieses Nests, was einst einem stolzen Volk gehörte.

Tränen über Tränen rinnen über mein Gesicht und tropfen hinab auf die Erde. Ich hebe vorsichtig den Teller mit dem zarten, schwachen Wesen an und gehe langsam, im Schein des Mondes, zu meinem Haus.

Jeder Schritt behutsam überlegt und den Blick fest auf die Biene gerichtet. Die Bewegungen dieser werden zaghafter, fast schon gequält wirken sie auf mich.

Die wenigen Blumen ließen, als würden sie mit mir trauern, ihre Köpfe hängen. Der Schein des Mondes zieht lange Schatten dieser über das Feld. Die Schatten der Bäume wirken wie Krallen, die das Wesen mit sich ziehen wollen. Das Haus und die Biene im Blick laufe ich weiter, bis ich die Tür erreiche.

Auf meinen Stuhl sitzend überlege ich, wie ich ihr, der letzten Biene, meine Ehre erweisen kann. Den letzten Lebenszug hat sie bereits getan und liegt nun still vor mir. Ich nehme den toten Körper auf meine Hand. Betrachte ihn im fahlen Mondlicht. Etwas Goldenes funkelt in meinen Augenwinkeln. Ein Glas voll Honig.

Die Biene abgelegt, öffne ich das Glas und atme den Duft ein letztes Mal tief ein, bevor ich die Biene auf den Honig lege, um sie anschließend versinken zu sehen.

Eine Träne in meinem Gesicht entrinnend gesellt sich zu der Biene. In der Mitte des Glases hört sie auf zu sinken. Nie wieder werde ich das Summen der Bienen mehr hören. Den Geruch und den Geschmack von Honig wahrnehmen. Denn in diesem goldenen Grab ruht nun die letzte Biene dieser Welt.

© Stefan Schmahl

Das Leben ist bunt

Bunt, wie die Palette eines Malers.
Bunt, wie ein Strauß unterschiedlicher Blumen.
Bunt, wie ein Malkasten eines Kindes.
Bunt, wie ein Regenbogen.
Bunt, wie eine Ölpfütze, in der sich das Licht bricht.
Bunt, wie eine Blumenwiese im Sommer.
Bunt, wie die Luftballons.
Bunt, wie die Ostereier im Körbchen.
Bunt, wie ein Diamant der leuchtet in all seinen Facetten.
Bunt, wie das Laub im Herbst.
Bunt, so ist das Leben.

© Rosa Rike Bosbach

Die Stimme des Lebens

Manchmal flüstert mir das Leben zu,
es sagt mir Dinge,
die ich nur schwer verstehen kann.
Es flüstert von Entscheidungen,
die zu treffen sind,
vor denen ich mich jedoch fürchte.
Doch die leise Stimme in meinem Ohr
schenkt mit Mut und Zuversicht,
damit ich die richtigen Entscheidungen treffen kann.
Manchmal flüstert mir das Leben zu,
ich solle den Augenblick genießen
und nach vorne schauen.
Es flüstert von Selbstvertrauen,
das ich an manchen Tagen
nur sehr schwer finden kann.
Doch die leise Stimme in meinem Ohr
gibt mir den Glauben an mich selbst zurück,
damit ich mich akzeptieren kann,
wie ich bin.
Manchmal flüstert mir das Leben zu,
es spricht von Liebe und Hoffnung
und grenzenlosem Vertrauen,
wo sich meine Probleme widerspiegeln.
Doch die leise Stimme in meinem Ohr,
zeigt mir auf,
dass ich all das bereits gelernt
und erfahren habe.
Ich müsse nur nach den Sternen greifen,
dann ist mein Glück stets bei mir.
Danke, liebes Leben,
dass du mich niemals aufgegeben hast.

© Nicole Franziska Horn

The Demon Serptens (Leseprobe)

Kapitel 1: Lisa

Verlegen zupfe ich an meinem Kleid, werfe noch einen letzten prüfenden Blick in den Spiegel. Anschließend atme ich tief durch und trete wieder aus der schicken Damentoilette, die mir für einen Moment Schutz geboten hat. Ich nicke einem älteren Ehepaar in eleganter Abendbekleidung zu, die mir auf meinem Weg zurück in den Saal entgegenkommen. An der großen Flügeltür halte ich inne, meine Hände sind schweißnass und ich unterdrücke den Impuls, sie mir an meinem geliehenen Abendkleid abzuwischen. Stattdessen klammere ich mich an meinem Täschchen fest und nicke dem Mann vom Security Dienst zu.

›Ruhig!‹, fordere ich mich still auf. ›Lächeln‹, füge ich noch hinzu und hebe meine Mundwinkel. Mein Blick schweift durch den großen Raum und bleibt an einem Mann hängen, der deutlich aus der Menge heraussticht. Sein Charisma durchflutet mich geradezu, und obwohl ich einige Meter von ihm entfernt stehe, scheint die Luft um mich herum zu knistern. Um ihn und seine wasserstoffblonde Begleiterin hat sich eine kleine Traube versammelt, die sich angeregt miteinander unterhalten.

›Nur Mut‹, spreche ich mir zu, ziehe meinen Bauch ein, strecke meine Brust raus und gehe beherzt, zumindest soweit es mit diesen entsetzlich hohen Pumps möglich ist, auf die Gruppe zu.

Kurz bevor ich sie erreiche, setze ich ein hoffentlich gelungenes Lächeln auf. Ich kann solchen Typen nichts abgewinnen. Allgemein ist eine Spendengala nicht mein Ding. Klar, freue ich mich darüber, dass wir von dem Geld den Bedürftigen helfen können – doch für die Reichen zählt nur das Prestige, welches sie durch ihre Spende mit erwerben. Ich gehe jede Wette ein, keiner in diesem

Raum mit einem dicken Bankkonto, hat jemals einen Fuß in die South oder in eine der ärmlichen Wohngegenden von L.A. gesetzt. Inklusive dieses aufgeblasenen Mr. Charme, der sich in der Bewunderung der anderen um ihn herum sonnt. Bei seinem Lächeln kommen makellose weiße Zähne zum Vorschein und er streckt mir seine perfekt manikürte Hand entgegen. Hastig ergreife ich sie und sehe mich dunklen, fast schwarzen Augen gegenüber, die mich intensiv betrachten.

»Lisa Avens«, stottere ich meinen Namen. Ich habe mich noch nie in meinem Leben so unsicher gefühlt. Dies hier, das ist nicht meine Welt. Ich gehöre nicht zu den Schönen und Reichen. Meine Knie fangen an zu schlottern, als er sich mit einer tiefen Bassstimme vorstellt.

»Juan Lopez. Schön Sie endlich persönlich kennenzulernen. Ben schwärmt in den höchsten Tönen von Ihnen.« Ich verweigere mir, meine Augen zu verdrehen. Auf solche Floskeln kann ich gut und gerne verzichten. Sie dienen lediglich der allgemeinen Höflichkeit, die hier praktiziert wird.

Keiner wagt es zu sagen: ›Hey, keine Ahnung, wer du bist.‹ Ben, so wie ich ihn kenne, wird kein Wort über mich verloren haben. Zumindest hat sich Mr. Lopez im Vorfeld informiert, wer seinen Anteil an dieser Gala hat. Nämlich ich. Ich mag es nicht im Mittelpunkt zu stehen, genau deswegen habe ich Ben vorgeschoben.

»Danke«, murmele ich und merke, wie ich unter seiner Musterung und der zarten Berührung unserer Finger rot werde. Sofort entziehe ich ihm meine Hand und atme durch, als ich wieder klar denken kann. Trotzdem finde ich keine Worte und bin froh, dass Mr. Lopez mich allen Anwesenden vorstellt. Sein blondes Anhängsel heißt Michelle, irgendwie habe ich so etwas Ähnliches erwartet. Sie sieht aus, wie eines dieser typischen Beverly Hills Models, aber in reich. Papa, zahlt eben alles.

»Franklin«, stellt sich mir ein Mann mittleren Alters im Smoking vor, »die eine Hälfte von MacKenzie & Franklin Rechtsanwälte Limited Liability Partnership.«

»Und bald mit dem Zusatz Lopez, nicht wahr Dad?« Blondi mischt sich honigsüß flötend in das Gespräch ein, tätschelt ihren Vater an der Schulter und zwinkert Juan zu. Ich unterdrücke einen Würgereiz und bin versucht, mir die Hand vor den Mund zu halten, bevor mir noch ein unpassender Kommentar über die Lippen kommt. Innerlich grinse ich, dass ich mit meiner Einschätzung richtig lag. Auf meine Menschenkenntnis kann ich mich verlassen. Zwei weitere Herren in sündhaft teuren Anzügen werden mir noch vorgestellt, dann rettet mich Ben, der direkt auf mich zugelaufen kommt.

»Lisa, hier bist du«, ruft er schon von weitem. »Hast du die Liste dabei?«

»Entschuldigen Sie mich bitte«, verabschiede ich mich politisch korrekt, warte ein Nicken von allen ab, wende mich um und gehe auf Ben zu. Seine Augen strahlen förmlich und er nimmt mich zur Begrüßung in den Arm und haucht mir einen Kuss auf beide Wangen. Bei der Berührung versteife ich mich kurz, Ben ist nett, aber ich würde nie etwas mit einem Arbeitskollegen anfangen. Oder überhaupt eine Beziehung zu einem Mann eingehen. Nicht, dass ich lesbisch bin, aber mir sind unverfängliche Affären lieber, als Liebesgesäusel unterm Sternenhimmel.

»Und? Hast du?«

›Ach, die Liste.‹ Ich krame in meiner Handtasche nach dem Zettel und reiche Ben das Papier.

»Danke.« Ich ziehe eine Augenbraue hoch. Verstehe nicht, was an diesem Blatt so wichtig ist, dass ich es ihm mit auf die Gala bringen sollte. Er scheint meine Gedanken zu lesen. »Da stehen die Spendensummen drauf, die im Voraus getätigt wurden.«

Er stellt sich neben mich und hält mir das Schriftstück unter die Nase. An erster Stelle steht, ›war klar‹, MacKenzie & Franklin. Direkt gefolgt von Juan Lopez, zudem Ben notiert hat: ›aufstrebender Anwalt in der Kanzlei. Bald Partner.‹ Mir wird schwindelig bei den Summen, die ich hinter den Namen stehen sehe.

»Super«, platzt es aus mir heraus und ich haue, etwas stärker als gewollt, auf Bens Schulter. Er hustet und schaut mich fragend an.

»Genug Geld um das Projekt in der Wohnwagensiedlung zu realisieren und dann haben wir sogar noch einen Teil übrig für das Jugendzentrum in der South.« Er nickt nur.

»Ach, hast du eigentlich schon Rückmeldungen darüber, ob jemand von den Spendern bereit ist, in der Siedlung beim Aufräumen mitzuhelfen?« Nun starrt er mich mit offenem Mund an.

›Also nicht‹, schließe ich aus seiner Reaktion und werfe ihm einen vernichtenden Blick zu.

»Hab ich mir doch gedacht. Aber von dir hätte ich es am wenigsten erwartet.« Unvermittelt drehe ich mich um und gehe auf die Bar zu. Mir ist nach einem Drink, einem starken. Den brauche ich jetzt nach der Enttäuschung. Ben hat erst gar nicht versucht, einen dieser Bonzen zum Helfen zu bewegen. Dabei hat er es hoch und heilig versprochen.

»Whisky on the rocks«, gebe ich meine Bestellung beim Barkeeper auf und ernte ein Lächeln.

Kaum habe ich das Glas vor mir stehen, stürze ich den Inhalt herunter. Das Brennen zieht sich durch meine Kehle bis hinunter in meinen Magen, wo es anschließend eine angenehme Wärme hinterlässt.

»Noch einen«, ordere ich.

»Miss Avens«, höre ich eine Bassstimme hinter mir und wirbele herum. Mir stockt der Atem, als ich mich fast an einer Brust wiederfinde. Ich sauge den Geruch des After Shaves ein und richte meinen Blick auf.

»Mr. Lopez«, hauche ich seinen Namen eher, dass ich ihn sage. Gleichzeitig ärgere ich mich. Er bringt mich auf eine Art und Weise durcheinander, die ich nicht mag. So eine Art, die er höchstwahrscheinlich bei jeder Frau, ›und potenzieller Beute‹, füge ich still hinzu, anwendet, um sie zu verführen. Aber nicht mit mir! Ich setze automatisch wieder ein Lächeln auf und bringe etwas Abstand zwischen uns.

»Was kann ich für Sie tun?« Seine dunklen Augen weilen auf mir. In mir steigt erneut Unsicherheit auf. Ein lauter Knall lässt mich zusammenfahren, bevor ich eine Antwort von ihm bekomme. Ich starre in die Richtung, aus der das Geräusch kam und ergreife unverzüglich die Flucht.

»Scheiße, die Reapers!«, fluche ich und suche Deckung hinter einem der großen Tische, während immer mehr vermummte Personen mit Uzzis in den Saal stürmen und die Security ganz schön auf Trab halten.

›Ich bin zu weit gegangen‹, dröhnen die Worte durch meinen Kopf.

Hilflos schaue ich mich um und entdecke das Schild für den Notausgang. Immer auf der Hut, robbe ich Stückchen für Stückchen vorwärts, hin zu der rettenden Tür. Weitere Schüsse fallen und ich halte die Luft an. Ich ziehe mich an der Klinke hoch, schlage dann mit meinem Ellenbogen das Glas für den Feueralarm kaputt und betätige den Schalter. Ich reiße die Tür auf und hechte in den Hinterhof, direkt in die Arme zweier weiterer Bandenmitglieder der Reapers, die ich an ihren schwarzen Kopftüchern erkenne.

»Ups, wen haben wir denn da?«, nehme ich den überraschten Ausruf wahr.

»Ich ...«, beginne ich stotternd und halte mir die Hände schützend vor das Gesicht. Wenn sie mich erkennen, bin ich tot. Die Welt verschwimmt vor meinen Augen, als ich unsanft hochgezogen werde.

»Bitte«, flehe ich. Mehr kann ich nicht tun, als um Gnade zu betteln. Niemand lässt sich mit den Reapers ein, der bei klarem Verstand ist. Kurzfristig musste meiner ausgesetzt haben.

»Nimm die Hände runter«, zischt der eine den Befehl.

Sekunden später spüre ich eine Faust auf mich einschlagen. Ich krümme mich, so gut es geht, zusammen. Verabschiede mich in Gedanken von dieser Welt, die bisher nicht viel Gutes für mich übrig hatte. Und freue mich gleichzeitig, meine Mom im Himmel wiederzusehen.

»Lasst sie los!«, donnert eine Stimme über den Hof. Mir schwinden die Sinne. Ich habe den metallischen Geschmack von Blut im Mund und ergebe mich der Dunkelheit, die von mir Besitz ergriffen hat.

© Nicole Wefer

Ein Regenbogen

Es fallen Regentropfen übers Land,
doch schon bald zeigen sich zaghaft
wärmende Sonnenstrahlen am Himmel,
dann schillert ein Regenbogen
in zarten Pastelltönen über Wald und Feld.

Fasziniert lassen wir uns von ihm einfangen.
Ein leichter Wind trägt unsere Gedanken weit fort.

Unsere Träume scheinen realistisch
und alles Leid, jeden Schmerz,
scheint ein Regenbogen mit sich fortzunehmen.

Doch schon bald verblassen diese
zauberhaften Farben und wir stehen da und seufzen.
Erleichterung und Zufriedenheit erfüllen unsere Seelen.

© Rosa Rike Bosbach

Zukunft und Gegenwart

Die Zukunft liegt schimmernd vor mir
und dennoch holt mich hin und wieder
die Vergangenheit ein.
Dann spüre ich den Schmerz in meiner Seele,
an dem ich einst fast zerbrach.
Doch meine Seele ließ sich nicht brechen.
Die Hoffnung begleitete mich
und folgte mir in die Gegenwart.
Dort konnte ich die Liebe spüren,
die den Schmerz von mir nahm.
Dort konnte ich die Freiheit spüren, die ich jahrelang
nur durch meine inneren Gitter betrachtete.

Die Gegenwart wurde zu meinem Freund.
Im Hier und Jetzt konnte ich das Leben genießen.
Meine Seele ließ los von all dem
Schmerz der Vergangenheit.
Heute blicke ich voller Stolz in meine Zukunft
und sehe ein Leben voller Liebe,
Glück und Zufriedenheit.
Ich habe es geschafft und überwunden,
aus Trauer wurde Fröhlichkeit
aus Hass, da wurde Liebe.
Mein Körper heute voller Kraft,
die Seele lächelt mit Bedacht.
Erfahrungen gaben mir mein Leben
darum bin ich heute dieser Mensch
mit einer glücklichen Seele.

DANKE

© Nicole Franziska Horn

Geborgenheit

Ich friere und taste nach deiner Hand,
welch Zufall, dass ich dich wiederfand.
Schlafend liegst du neben mir,
beobachte jede Regung von dir.

Ein Lächeln verschönert dein Gesicht,
viel verändert hast du dich nicht.
Deine Jahre sieht man dir nicht an,
du bist noch immer ein toller Mann.

Es fliegen keine Schmetterlinge in meinem Bauch,
bei dir ist es auch so, und das weiß ich auch.
Ich bin nicht verliebt, doch ich fühle mich wohl,
du bist für mich mein ruhender Pol.

Ich wünsche uns nur ein Quäntchen Zeit,
Zeit, für Nähe und Geborgenheit.
Mit deinem Lachen erleuchtest du mein Herz,
es fliegen davon, der Kummer und Schmerz.

Wir sprechen nicht von Liebe
oder dass es auf ewig so bliebe.
Wir wollen nur genießen das geliehene Glück,
von der Fülle des Lebens ein kleines Stück.

© Linda Marie Haupt

Inselgefühle

Ich bin zurück, blieb viel zu lange der Heimat fern, mag den weißen Strand und die Möwen hab ich gern.

Noch schnell über den Rügendamm, es ist nicht mehr weit, unter mir schaukeln Segelboote, Urlauber haben Zeit.

Über den Feldern treiben Schäfchenwolken ziellos umher, in der Fischerkneipe bei Ole kehre ich ein in Altefähr.

Der Freund ist erstaunt, freut sich, lächelt verschmitzt, erzählt mir von der Heringssaison und einen neuen Witz.

Orte aus meinen Erinnerungen ziehen schnell vorbei, die Pracht der Kurorte am Meer war mir nie einerlei.

Einsame Höfe, der Rugard und Felder mit goldgelbem Stroh, der Charme vergangener Zeiten macht mich wieder froh.

Von Weitem grüßt die Kreideküste mit ihrem weißen Gold, ein grüner Tunnel wölbt sich über mir, das ist gewollt.

Gleich vorn der Putbusser Park, im Gehege steht ein Reh, knorrige Kastanien zieren die prachtvolle Rügener Allee.

Villen im Bäderstil und vorbei an Schloss Moritzburg, der »Rasende Roland« schnauft, die Mohnwiese wird rot.

Vertraut ist der Anblick der Schafe, die ich vermisste und das Vogelgezwitscher als einzige Geräuschkulisse.

Zwischen den Halmen am Strand kann ich endlich ruhen. Es ist lange her, seit ich raus bin aus Kinderschuhen.

Möwen kreischen, streiten, fliegen hoch in den Wind, noch bevor die ersten Gäste auf Rügen angekommen sind.

Weit ist mein Blick zum Horizont im Land der alten Haine. Muscheln, Sand, im Wasser finde ich winzige Bernsteine, Geschichten vom Windland erfinde ich am Lieblingsplatz, und denke wehmütig an die Mutter, sie war ein Schatz.

Die Karawane der Badelustigen bringt mir die Freunde mit, aus der Ferne verfolgen sie meinen Weg und jeden Schritt.

Bei rosa Wein am Feuer und einem letzten Gitar-renklang, zählen sie, wie oft ich schon das Lied vom Abschied sang.

Die Sonne blinzelt durch die Wolken, Zeit für Abendbrot. Ein Fischer bringt uns Aale, er verdient höchstes Lob.

Vertraute Stille liegt über dem Meer, ich fühle Glück, sehe neue Spuren, muss fort, doch ich kehre bald zurück.

© Sunny Claire

Älter werden

Du schaust in den Spiegel und siehst ein Gesicht,
das von der Jugend schon lange verlassen ist.

Doch was solls, nur nicht verzagen,
schaust noch gut aus, brauchst nicht klagen.

Der Spiegel, er sagt dir die Wahrheit knallhart,
doch trotz Leid und Sorgen, hast
dein Lächeln dir bewahrt.

Deine strahlenden Augen, dein Anmut und Charme,
auch, weil du stets herzlich und warm.

Wenn du im Herzen bleibst jung und vital,
dann ist das Älterwerden tatsächlich egal.

© Rosa Rike Bosbach

Mondleuchten

Strömung

Wohngesuche Ferienhäuser – Umgebung Verona, Italien:
Ruhiges Feriendomizil, idyllisches »Casolare« für 1 Person, 2-3 Zimmer.
Umgebung: Ruhige Lage, Meerblick, Infrastruktur mit
guter Verkehrsanbindung oder kurzem Fußweg erreich-
bar & wöchentlicher Reinigungsservice (2x).
Ausstattung: Minimalistisch / Bauhausstil, Küche, Bad mit Dusche,
WC & technische Voraussetzung wie W-Lan, Internet & TV.
Dauer: ca. 5-6 Monate

Während mein Blick erneut die Anfang des Jahres aufge-
gebene Anzeige begutachtete, begann sich meine Stirne
beim Lesen und Vergleichen der erwünschten Eckdaten
und des IST-Zustands in Falten zu legen. Der längere
Aufenthalt in ruhiger Umgebung diente der Fertigstel-
lung meiner Novelle, die ich dem Verlag für Ende des
Jahres zugesichert hatte. Sah man von dem Meerblick
und der Örtlichkeit ab, wurde fast eins zu eins jegliche
Anforderung tatsächlich bewerkstelligt. Ich befand mich
auf Empfehlung der Reiseleitung in Amesbury, Südeng-
land und hatte hier anstelle eines romantischen »Casolare« ein bezauberndes und kleines Cottage für sechs
Monate bezogen.

Die ersten Tage verliefen schleppend. Bis ich mich
eingelebt, eingerichtet, umgesehen und mich mit den
hiesigen Gewohnheiten vertraut gemacht hatte. Häu-
fig wollte ich das Haus nicht verlassen, sondern mich
vorwiegend auf das Buch konzentrieren. Der Haupt-
teil meiner Geschichte stand bereits, aber mir fehlte
die Quintessenz. Noch während ich versunken meinen
Gedankengängen folgte, zogen sich draußen die Wolken
zusammen, aus der Ferne war das Aneinanderschlagen
der Fensterläden zu hören, Blätter wurden hörbar durch

die Lüfte gewirbelt und der Wind pfiff seine eigene Melo-
die. Es fröstelte mich. Mit einer Tasse warmen Tee ausgestat-
tet, die Füße in warmen Socken gesteckt und eingehüllt in
einer weichen Lammfelldecke, machte ich es mir in einem
herrlich alten Schaukelstuhl bequem, der in der Nähe des
Steinofens stand. Hier konnte ich meine bisherigen Zeilen
erneut lesen, während im Kamin das Knistern der bersten-
den Funken des brennenden Holzes zu hören war.

Die Welt begann sich zu drehen

Wie verwurzelt stand ich im Eingangsbereich der Arena
di Verona und spürte, wie meine Hände krampfhaft
die Eintrittskarte umschlossen. Mit starren Augen beobachtete ich den Mann, der sich einige Reihen weiter
vorne in der Warteschlange befand. Ein eleganter und
schwarzer Wollmantel schmiegte sich um seine Silhou-
ette, und während er sich hin und wieder nach hinten
umsah, wurde sein Gesicht von den hellen Strahlen
des Mondes beleuchtet. Markante Gesichtszüge, dunkelbraune Augen, Augenbrauen und kurz geschnittene
ebenfalls dunkelbraune Haare rundeten seine anzie-
hende, schlanke aber auch auf mich verstörende und
zugleich bekannte Erscheinung ab. Als würde er warten,
wanderten seine Blicke immer wieder suchend der Warteschlange entlang. Mein Herz begann unruhig zu schla-
gen, nervös trat ich von einem auf den anderen Fuß,
konnte jedoch nicht meine Augen von ihm abwenden.

»Oh, verzeihen sie mir bitte«, hörte ich eine ältere Dame
hinter mir aussprechen, bevor sie ihr Gleichgewicht verlor und gegen eine Vase taumelte, die rechts seitlich von
uns aufgestellt war. Der folgende Aufschrei und das
Zerschlagen des Gefäßes auf dem Boden weckten viele
Opernbesucher aus dem komatösen Zustand während
des langen Wartens. Besorgt beugte ich mich über sie
und half ihr, sich wieder aufzurichten.

»Sind Sie verletzt? Haben Sie Schmerzen«, brach es besorgt aus mir hervor, während ich ihr fragend in ihre erschrockenen, aber warm blickenden Augen schaute.

»Ich danke Ihnen. Bitte entschuldigen Sie, das lange Warten ist sehr anstrengend für mich. Mir wurde nur etwas schwindelig«, erklärte sie den Umherstehenden.

»Wäre es Ihnen recht, wenn die Dame und ich sie hineinbegleiten würden«, eine tiefe, vertraute und ruhige Stimme erklang hinter mir.

Als ich mich umwandte, sah ich in seine dunklen, geheimnisvollen und glänzenden Augen. Sein Mantel verströmte einen rauchigen und mir bekannten Geruch. Um sie sicher hineinzubegleiten, bot er der älteren Frau seinen Arm an, den sie dankbar ergriff. Ich trat auf die andere Seite neben die Dame, sodass sie sicher von uns begleitet, entlang der wartenden Besucher in das Foyer gebracht werden konnte.

»Was habe ich Ihnen für Umstände gemacht. Ich danke Ihnen ganz herzlich«, mit diesen Worten nickte sie uns zu und taxierte uns mit ihren Augen. »Was sind Sie für ein hübsches Paar? Sie haben sich gesucht und gefunden!«, damit und einem erneut durchdringenden Blick schenkend, der mehr zu deuten hatte, als eventuell beabsichtigt war, wandte sie sich dem Sitzplatzanweiser zu, der sich zu uns gesellt hatte, um die zart wirkende, aber weise Erscheinung weiterhin zu begleiten.

Unbemerkt zuckte ich zusammen. Da war sie wieder die stetige Unruhe, die mir Zeit meines Lebens bekannt, immer zu bestimmten Mondgezeiten auftrat und an Intensität gewonnen hatte. Aber konnte der Vollmond mein laut schlagendes Herz und die plötzlich auftretende Kurzatmigkeit bewirken?

»Also eigentlich kennen wir uns gar nicht. Das war ein Zufall«, rief ich ihr erklärend zu, während mein Gesicht inzwischen eine andere Farbe angenommen hatte und ich mich wie ein junges Schulmädchen fühlte, das gerade den ersten Kuss bekommen hatte.

Noch einmal drehte sie sich langsam zu uns um, blickte mich an und verabschiedete sich endgültig mit den Worten: »Es gibt weder in diesem, in vergangenen noch in weiteren Leben Zufälle.«

Verlegen begann ich meine Eintrittskarte wieder aus der Handtasche herauszuholen und bemerkte, dass meine Hände zu zittern begannen. »Das war ein Schreck, der Ihnen durch die Glieder gefahren ist«, hörte ich ihn zu mir sagen und unsere Blicke trafen sich. Während wir einander ansahen, und versuchten in den Augen des anderen zu lesen, nahm alles um mich herum eine andere Zeit und Gestalt an, während sich mein Herz verselbstständigte, sich ein durchsichtiger Schleier um meine Wahrnehmung legte und mir dieser Moment grotesker Weise völlig vertraut vorkam.

Raum und Zeit

Noch vor Sekunden hatte ich mich im Eingangsfoyer der Arena di Verona befunden. Mit der Karte für »Gianni Schicchi« von Giacomo Puccini und der Bühnengestaltung von Franco Zeffirelli hatte ich mir einen lang ersehnten Geburtstagswunsch erfüllt. Meine Eltern hatten im Herz und Seele wunderbare Erinnerungen, Werte und viel Liebe hinterlassen, sodass es zu meinen größten Leidenschaften gehörte, Erinnerungen an alte Zeiten in Opernhäuser erwecken zu lassen.

Aber ich befand mich weder in Verona, geschweige denn in Italien. Glasklar erstreckten sich sichtbar im Leuchten des Mondes langsam vorbeiziehende Wolken und ein kalter Wind blies mir entgegen. Aus der Ferne war die tosende Brandung des Meeres zu hören, die immer wieder gegen die Felsen schlugen. Und als ich es endlich wagte, mir meine Umgebung etwas genauer anzusehen, stellte ich fest, dass ich mich inmitten von Stonehenge befand.

»Über Zeit und Raum schworen wir uns ewige Liebe.« Er war es! Auch hier stand er fast spürbar hinter mir, seine Hände umschlossen meine Schultern und mit zärtlicher Bewegung zog er mich an sich. Weshalb liefen mir die Tränen herunter? Weshalb erlaubte ich mir nicht, ihn anzusehen? Weshalb wünschte ich mir sehnlichst, die Zeit würde stehen bleiben? Es war fast unmöglich, klare Gedanken zu fassen und ich versuchte, in der Weite des Horizonts Antworten zu finden.

»Was hat das zu bedeuten? Wer sind Sie und was machen wir hier?«, fragte ich ihn. Anstatt zu antworten, drehte er mich zu sich um, sodass sich unsere Augen begegneten.

»Was fühlst du?«, fragte er mich. Alleine dessen, dass er mich mit der vertrauten Ausdrucksform ansprach, bestätigte mir das unterschwellige Gefühl, das mich seit unserer Begegnung beschlichen hatte. Ich versank in seinen Augen, die mit unendlicher Geduld auf mir ruhten, abermals zog ich den Duft ein, der ihn und mich umgab. Vorsichtig, liebevoll und mir mit seltsam vertrauter Geste, strich er mir mit der Rückseite seiner Hand über die Wange und sprach ganz leise Worte aus, die im Hier und Jetzt das Portal unbewusster Emotionen, allzeit bestehender Seelenverbindung und unsere gemeinsamen Leben öffnete: »Über Raum und Zeit bleibt unsere Liebe bestehen, wir werden uns finden, egal wohin wir gehen. Unsere Herzen sind miteinander auf ewig als Dualseelen verschlungen und lassen uns zu einem Ganzen werden, durch Gene, Poren und Zellen verbunden. Hier an diesem Ort, während Vollmondstrahlen lassen erscheinen abendliche Stunden zur Nacht, versprachen wir uns vor Jahrhunderten mit aller Liebe und Herzensmacht einander wieder zu finden zur richtigen Zeit und strahlend scheinender Vollmondnacht.«

Im Hier und Jetzt

»Aki?« Den im Hintergrund dröhnenden Gong, der die Gäste auf den in Kürze bevorstehenden Beginn der Oper vorbereitete, nahm ich ähnlich einem Nebel im Hintergrund wahr. Ebenfalls befand ich mich im Gefühlsstrudel, der auf mich einfließenden Erinnerungen unendlich und gemeinsamer Leben, unserer Liebe und dem Wissen, meinem Seelenpartner gegenüber zustehen.

»Aki.« Es war keine Frage, sondern eine Feststellung. Innerlich fochten Ratio, Emotionen und Herz Kämpfe mit sich aus, aber die Wahrheit konnte ich in jeder seiner Gesten erkennen.

»Ich wusste, dass ich dich wiederfinden würde!« Die Liebe, die aus seinen Worten und seinen Augen sprach, berührten und trugen mich fort. Mein Leben hatte ich bisher alleine bestritten, eine tiefe Leere in mir verspürt, die nie erfüllt wurde. Oft auf der ruhelosen Suche der Vervollständigung hatte es mich nur kurzzeitig in Beziehungen gehalten. Doch meist war mir selbst nicht bewusst gewesen, wonach ich Ausschau hielt. Der Gedanke eines Namens streifte mich, manifestierte sich und ich wagte es, ihn laut auszusprechen: »Cicely. Du bist Aki und ich Cicely.« Das Unterbewusstsein hatte sich vollständig geöffnet und das Unglaubliche war zur Realität geworden.

Die unerfüllte Suche nach dem Ganzen meiner Seele hatte an einem Augustabend im Foyer der Arena di Verona seine Vervollständigung gefunden. Und während wir vertraut nebeneinandersitzend, glücklich und uns zärtlich mit den Händen berührend der Arie »O mio babbino caro« lauschten, war es eine alte Dame, die uns unbemerkt beobachtete, zufrieden lächelte, als weißes, hell strahlendes Licht die Arena di Verona verließ und sich ganz langsam, in der warmen Sommernacht, zu den Stonehenge zurückzog. An jenen mystischen Ort, wo einst alles begann und zu Vollmond die Kräfte der Magien allgegenwärtig sind.

Seelenruf

Der letzte Satz war noch nicht zu Ende gelesen, als mich ein lauter Schlag aus meinen Gedanken entriss. Dem Poltern folgte ein ebenso lautes Jaulen, das in ein markerschütterndes Winseln überlief. Schon längst hatte ich die Eingangstür aufgerissen und war in die stürmische Nacht gelaufen. Obwohl es sehr spät war, konnte ich alles recht gut erkennen. Das kleine Cottage war von einem Holzzaun liebevoll umgeben und eingegrenzt. Das Holztörchen, mit Rosengirlanden umschlungen, lag von den Elementen entrissen neben dem Mülleimer auf dem Boden. Dazwischen kauerte ein undefinierbares Etwas, dessen Größe, Rasse und Verfassung nicht bestimmbar war. Schritt für Schritt setzte ich langsam und bedächtig vor den anderen und war glücklich, etwas geschenkte Sicht durch die Strahlen des Mondes zu bekommen.

Mit ruhiger Stimme sprach ich auf das verletzte Tier ein, und wagte die Hand vorsichtig auszustrecken. Eine kalte und nasse Nase begann meine Hand zu beschnüffeln. Ganz langsam kroch eine gewaltige und wunderschöne Erscheinung hervor, die einem Wolf und Schäferhund glich. Fasziniert von dessen Erscheinung konnte ich meine Augen nicht von ihm abwenden, bis sich unsere Blicke trafen. Doch von einem zum anderen Augenblick war das verletzte Tier aufgesprungen, über den Zaun gesprungen und in Richtung des tiefen Walds gerannt.

»Das, was du nun vor hast, ist in jeglicher Hinsicht eine völlig abstruse Idee. Schlag sie dir aus dem Kopf«, die warnende Stimme klang einleuchtend und vor allem verständlich. Sie drang aber nicht zu mir durch! Aus irgendwelchem zwang- und triebähnlichen Verhalten heraus war ich gezwungen diesem Wesen zu folgen.

Meine Füße schienen über den Boden zu gleiten, Äste schlugen mir ins Gesicht, längst hatte ich die schwere und hinderliche Lammdecke abgeworfen. Hoch oben am Himmel schienen mich die Sterne meines Wegs zu begleiten. In der Ferne hörte ich ein erneutes Jaulen, das sich von bisherigem unterschied. Hier war kein Schmerz, sondern es klang aufgeregt, erwartungsvoll und rufend! Immer wieder legte ich Pausen ein, versuchte, nicht die Orientierung zu verlieren, aber aus irgendeinem Grund gelang es mir, alles, bis auf das kleinste Detail hervorragend zu registrieren. Der Blick über die Schulter zeigte das kleine Dörfchen, in dem ich die letzten Wochen verlebt hatte und ich konnte die Inhalte einzelner Gesprächsfetzen der Stadtbewohner wahrnehmen, die durch die Metamorphose der Gehirnveränderung drangen. Über das kleine Bächlein hinweg, am Bauch den grünen Farn gespürt, die Pfoten in Pfützen bereit zum nächsten Sprung abgestützt und über riesige Felsen gejagt, erreichte ich eine große Lichtung, auf deren Mitte viele Steinblöcke nebeneinander und einen Kreis bildend aufgereiht waren. Jeder Stein wurde beschnuppert, bekannte Gerüche und Erinnerungen erhellten die Sicht, Bilder öffneten und strömten durch mein Bewusstsein. In der Gestalt und mit der Anmut eines Raubtiers näherte sich mir mein Partner, die Zwillingsseele!

Wir erhoben unsere Häupter, blickten in den sternenklaren Himmel und durch die helle Vollmondnacht erklangen die Rufe zweier glücklicher, zueinandergefundenen und vereinten Seelen für eine einzige miteinander geschenkte Nacht, deren Silhouetten sich neben den Schatten der Stonehenge im Vollmondlicht abzeichneten.

© Manipura Dantian

Späte Liebe

Das Haar schon grau,
der Blick aufs Wesentliche schon genau.
Bei einer Bank im Park gesehen,
da war es um die Zwei geschehen.

Von nun an war die Welt verdreht,
weil man sich bald öfter gegenüber steht.
Es ist die Sehnsucht und auch ein Verlangen
und ein Versuch, noch mal neu an zu fangen.

Auch Einsamkeit, das ist gewiss,
da man schon älter und auch einsam ist.
›Bin ich noch reizvoll‹, stellt man sich die Frage,
›zum Flirten auf die alten Tage?‹

Jedoch die Zweifel schwinden schnell,
wenn beider Augen leuchten hell.
Die Angst, was wird die Zukunft bringen,
muss ich alleine sie verbringen?

Ach, was hat man denn zu verlieren,
will man das Glück noch einmal spüren.
Die Liebe brennt, wie jeder weiß,
nicht nur in jungen Herzen heiß.

Doch, wenn sie dich im Alter findet,
dann lass es zu, bevor sie wieder schwindet.

© Rosa Rike Bosbach

Depression

Manchmal im Leben
bin ich voller innerer Verzweiflung.
Spüre den Schmerz meines Körpers,
ausgelöst durch die wiederkehrende Depression.
Meine Seele blickt mutlos in die Zukunft
und kämpft gegen die Gefühle an.
Die Verzweiflung treibt mich in den Wahnsinn,
gibt mir das Gefühl des Versagens.
Der Antrieb geschwächt, die Stimmung kippt,
Tränen laufen ungebremst übers Gesicht.
Doch trotz alle dem verliere ich mein
Ziel nicht aus den Augen.
Das Ziel Hoffnung,
das Schwimmen mit dem Strom des Lebens,
werde ich die Depression erneut überwinden.

Ich finde den Mut, klammere mich an mein Wissen,
das mir hilft, die Gefühle zu überwinden.
Denn ich glaube an mich, glaube an meine Stärke
und bewege mich in die richtige Richtung.
In kleinen Schritten, ganz langsam gehe ich den Weg.
Den Weg in mein Leben.
Denn tief in mir glaube ich an das Leben und das Glück.
Die Depression, Teil meines Lebens,
werde sie akzeptieren und aus ihr heraustreten,
denn mein Leben ruft nach mir.
Ich kann es hören und auch spüren.
Mit Hoffnung kann ich alles überwinden.
Mit Hoffnung und Zeit.

© Nicole Franziska Horn

Versagt

Wo ist es hin, was da mal war?
Es ist verschwunden, Jahr um Jahr.
Was ist geblieben von all den Gefühlen,
von den Schwüren mit dem sich immer lieben?
Geborgenheit in deinem Arm,
Gefühle, so innig, heiß und warm?

Wann fing es an, dieses Verlieren,
diese Wut und dieses Sätze sezieren?
Mit Blick in die Vergangenheit
bleibt nur noch tiefste Traurigkeit.

Wir haben versagt – auf ganzer Strecke.

© Linda Marie Haupt

Novembergedanken

Wir befinden uns nun in einer Zeit, wo die Tage immer kürzer und die Nächte länger werden. Früh morgens geht man aus dem Hause, es ist dunkel. Nachmittags kommt man heim und es sieht nicht viel besser aus. Viele von uns verbringen den Tag auf der Arbeit, ohne auch nur das Tageslicht gesehen zu haben.

Vielen Menschen schlägt der Monat November sehr stark aufs Gemüt. Einige, um nicht zu sagen, sehr viele von uns, leiden unter Stimmungsschwankungen während dieser Jahreszeit. Hinzu kommen diese ganzen Trauertage, an welchen man unserer lieben Verstorbenen gedenkt. Für mich sind es zusätzliche Trauertage, Tage welche gesetzlich vorgeschrieben sind, um noch mehr in Wehmut und Trauer zu verfallen. Den Hinterbliebenen fällt der Gang zum Friedhof meist sehr schwer, man geht hin, weil man muss. Es wurde einem ja so anerzogen. Geht man nicht, weil man anderer Meinung ist, hat man Angst vor der Ausgrenzung, und vor dem, was unsere Mitmenschen über uns denken und sagen. Wir müssen dabei sein. Einzig und alleine die Geschäftsleute, welche ihr Geld mit der Trauer verdienen, freuen sich über ihre Umsätze, die sie auch benötigen, um zu überleben.

Immer wieder stellt sich mir die Frage, ob es wirklich so ist, dass wir mit dem Strom mitschwimmen müssen? Warum haben wir Angst und wovor, wenn wir es nicht tun? Sollten wir nicht vielmehr auf uns selbst achten, auf unser Leben und auf unser Glück, anstatt immer wieder daran zu denken, was andere Leute über uns sagen? Nein, das müssen wir nicht. Wir sind nicht dazu verpflichtet unser Tun und Handeln nach den gesetzlich vorgeschriebenen Feiertagen und dem Willen unserer Mitmenschen auszurichten.

Ich persönlich, aber auch einige Familienmitglieder trauern, wie wir alle, das ganze Jahr über. Wir brauchen keine besonderen Tage, um den Friedhof aufzusuchen. Unsere Gräber werden besucht, wie wir das Bedürfnis dazu haben. So kann es sein, dass wir in einem Monat öfter am Grab stehen, genauso ist es möglich, dass wir mal eine Zeit lang pausieren. Es liegt an uns, wann wir die Zwiesprache mit den Verstorbenen suchen. Natürlich bleibt es einem jeden selbst überlassen, wann, wie und zu welchem Zeitpunkt er die Grabstätten seiner Lieben aufsucht.

Der November kann aber auch seine schönen Seiten haben. Wenn es früher dunkel wird, kann man sich mit der Familie, sofern es die Zeit erlaubt, gemütlich zusammensetzen. Bei Kerzenschein und einem schönen Gespräch verweilen wir alle sehr gerne. In vielen Familien wird gespielt und gebastelt, gesungen und gewerkelt. Ein längst überfälliger Kinobesuch, oder aber auch ein Konzert kann sehr vielversprechend und abwechslungsreich sein. Ebenso ein Spaziergang durch unsere wunderschöne Natur. Das Laub der Bäume schimmert in den allerschönsten Farben. Schiebt man sie im Wald mit den Füßen sachte vor sich her, bereitet das unendlich viel Spaß. Mit sehr großer Begeisterung werden Eicheln, Kastanien und alles, was die Natur uns bietet, gesammelt. Wunderschöne Kreationen entstehen aus den Früchten der Natur.

Diese wunderschön gebastelten Sachen werden meist zur Dekoration für den Herbst verwendet. Das hat was. So holt man sich ein Stück Natur ins Haus.

Wir alle sollten das Kind in uns wieder herauslassen. Nicht immer nur funktionieren und arbeiten, wie es von uns erwartet wird. Es geht im Leben nicht immer nur um das Geld, was nun nicht heißen soll, dass wir es nicht benötigen. Wärme, Herzlichkeit und Liebe gehören ebenso dazu.

Wir sollten uns mit sehr viel Respekt begegnen, unseren inneren Frieden finden und glücklich sein. Sind wir zufrieden und glücklich, können wir dies auch so an unsere Mitmenschen weitergeben.

In diesem Sinne wünsche ich allen einen frohen und zufriedenen November.

©Isabella Bauch

Mein Baum

Da stehst du, groß, stark und wild
und doch, wenn ich die Ruhe such,
ich sie stets bei dir nur find.

Viel hab ich dir schon anvertraut,
da niemand in mein Herz sonst schaut.
Bis tief in deine Wurzeln rein,
da hab ich's dir geschenkt.

Sei es Freude oder Trauer.
Ich komm zu dir von Zeit zu Zeit,
gern blieb ich auch auf Dauer.

Um jede Jahreszeit bist du so schön,
besonders freut mich doch dein Grün.
Stolz ragen deine starken Äste zum Himmelszelt,
gewiss das auch dem Herrgott gut gefällt.

Wenn ich von dir dann geh, bis wir uns wiederseh'n,
bleib ich noch eine Weile in weiter Ferne stehn.
Du, mein Baum bleibst dann allein zurück,
nimmst Abschied auch, so Stück für Stück,
mein Herz es springt vor Freud und Glück.

Mein letzter Wunsch auf dieser Welt,
dass man mich zu dir, mein Baum,
in deine Wurzeln stellt.
Auf ewig sind wir dann vereint,
eine Liebe, die der Tod nicht teilt.

© Rosa Rike Bosbach

Im Wald der Emotionen

Es war ein Tag im Sommer, als ich meinen Rucksack packte, der mich auf meinem Weg begleiten sollte. Darin befanden sich für mich ganz wichtige und bedeutende Dinge, die mich immer auf den Wegen meines Lebens begleitet haben. Es war ein warmer Sommertag und mit kleinen Schritten machte ich mich auf meine heutige Reise. Ich kam nach nur wenigen Minuten an der Lichtung an. Die Sonne blinzelte durch die Baumspitzen und streichelte mein Gesicht. Sie wärmte meine Wangen und ich konnte den hellen Lichtstrahl sehen, der mir den richtigen Weg zeigte. Es war ein Zeichen dafür, dass ich diese Richtung einschlagen sollte, die den Weg tiefer in den Wald führte.

Ich folgte, nach einiger Zeit war ich umgeben von Bäumen, die tief verwurzelt in der Erde standen. Das Wurzelwerk ragte aus dem Boden und ich musste aufpassen, dass ich nicht stolperte. Dadurch, dass die Sonne kaum noch einen Weg fand, um durch die Baumkronen zu scheinen, wurde es dunkler im Wald, dennoch konnte ich sie spüren, sie stand noch immer am Himmel und schien für alle Menschen.

Als ich meines Weges entlang ging, konnte ich aus der Ferne ein Rascheln hören. Ein lautes Knacken war zu hören. Mein Herz schlug schneller und plötzlich schaute sie hinter einem Baum hervor. Es war die Angst! Ich erkannte sie sofort.

»Hallo, ich bin es die Angst!«

»Was tust du hier?«, fragte ich.

»Ich bin hier, um dir zu zeigen, das ich zwar wichtig bin, aber du nicht unbedingt mit mir leben musst. Angst ist immer ein Zeichen dafür, das du einen innerlichen Kampf austrägst. Aber bedenke, ich kann dir nicht schaden, im Gegenteil, ich helfe dir, deine Gefühle einzuordnen.«

Ich unterhielt mich lange mit der Angst und erzählte ihr, das ich ›meine‹ Angst in meinem Rucksack mitgebracht habe.

»Willst du mir deine Angst geben?«, fragte sie mich.

Nach reiflicher Überlegung übergab ich meine Angst der großen Angst. Ich spürte sofort, wie sich mein Rucksack leichter anfühlte. So schnell die Angst gekommen war, so schnell war sie auch wieder verschwunden. Lange dachte ich über dieses Erlebnis nach und kam zu dem Entschluss, dass ich meine Angst nicht wirklich brauche.

Als ich weiter ging, ganz in Gedanken versunken, dauerte es nicht lange und ich traf plötzlich auf eine dunkle Gestalt. Es war der Hass!

»Hallo, lieber Mensch, ich bin es, der Hass!«

»Wo kommst du plötzlich her?«, flüsterte ich.

»Ich komme aus der Tiefe des Waldes und habe gespürt, das du mich brauchst! Obwohl ich mich Hass nenne, möchte ich dir ehrlich sagen, dass ich ein Gefühl bin, das dich traurig macht und auch wütend. Ich werde dich niemals glücklich machen können. Du solltest stets versuchen, Abstand zu mir zu halten. Mit mir an deiner Seite wirst du keinen inneren Frieden finden können.«

Auch dem Hass erzählte ich, dass ich meinen Hass in meinem Rucksack habe.

»Gebe mir deinen Hass, und ich nehme ihn dir ab, so hast du mehr Platz in deinem Rucksack für den inneren Frieden.«

Ich öffnete die Tasche, entnahm meinen Hass und übergab der dunklen Gestalt mein Gefühl. Und wieder fühlte es sich sofort leichter an auf meinen Schultern.

›Diese kleine Reise schien etwas ganz Besonderes zu sein‹, dachte ich mir. Aber an diesem Tag sollte noch so einiges passieren. Der Wald schien voller Emotionen zu sein. Ich ging weiter auf meinem Weg und fühlte mich so viel erleichtert. Auf einmal saß auf einer großen Wurzel ein kleines Wesen. Es war so zart und sanft.

»Hallo, lieber Mensch, ich bin die Traurigkeit, ich spüre gerade sehr, dass du viel Erfahrung hast mit mir.«

»Ja, du hast Recht«, erwiderte ich.

»Ich bin ein Gefühl, das manchmal zwar wichtig ist, um Dinge loszulassen, doch auf Dauer mache ich dich krank. Ich kann dich in tiefe Depressionen stürzen, aus denen du nicht wieder entfliehen kannst.«

Die Traurigkeit erzählte mir, dass sie nun nicht mehr so oft bei mir sein wird.

»Du hast verdient, fröhlich zu sein«, sagte die Traurigkeit.

»Darf ich dir meine Traurigkeit mit auf den Weg geben?«, fragte ich zögerlich.

»Aber sicher, ich werde sie dir abnehmen.« Wieder öffnete ich meinen Rucksack, um eine Emotion loszuwerden. Ich konnte kaum glauben, wie leicht sich mein Rucksack mittlerweile anfühlte. Ich war glücklich und zufrieden. Immer wieder konnte ich einige Sonnenstrahlen einfangen, die sich ihren Weg durch die Baumkronen suchten. Als ich weiter ging, kam ich an einen See, an dem eine kleine grüne Bank stand. Doch als ich mich dieser Bank näherte, sah ich, dass diese besetzt war.

»Hallo, lieber Mensch, setz dich zu uns.«

»Wer seid ihr?«, fragte ich.

»Wir sind die Hoffnungslosigkeit, die Wut und der Selbstzweifel«, bekam ich zu Antwort.

»Wenn du mit uns konfrontiert wirst, dann leidest du sehr.« Die Hoffnungslosigkeit ließ mich wissen, dass sie ein schwermütiges Gefühl ist, das mich sehr in die Tiefe stürzen kann. Jedoch glaubte sie daran, dass ich sie nicht länger mit mir herumtragen sollte.

Die Wut sagte mit energischer Stimme:

»Gib mir deine Wut, bevor sie dich auffrisst. Du kannst nicht glücklich sein, wenn du mich ständig mit herumschleppst.« Im Gegensatz zur Wut waren die Selbstzweifel eher ruhig und sprachen mit leiser Stimme. Sie sagte mir, dass ich endlich an mich und meine Fähigkeiten glauben solle, denn ich habe verdient, glücklich zu sein.

Wieder öffnete ich meinen Rucksack und übergab meine letzten schweren Emotionen den Personen auf der Bank. Meine Tasche war nun leicht und fast leer. Kleine Gefühle befanden sich noch darin, doch die werde ich behalten und bei mir tragen, denn im Leben kommen immer wieder Zeiten, wo diese Emotionen einfach da sind. Auch schwere Gefühle gehören zu meinem Leben, aber sie sind jetzt kleiner geworden, damit ich sie schnell wieder wegpacken kann.

Ich fühlte mich erschöpft. Legte mich für einen kurzen Moment auf die Erde, um zu entspannen und das Erlebte noch einmal Revue passieren zu lassen. Die Ruhe tat gut, die Wärme der Luft und die einzelnen Sonnenstrahlen, die durch die Bäume blitzten, ließen mich positiv in den restlichen Tag blicken. Nachdem ich nun fast eine Stunde so da lag und entspannte, packte ich meinen leicht gewordenen Rucksack auf meine Schultern und marschierte weiter auf meinem Weg, der mich letztendlich wieder aus dem Wald herausführen sollte. Schritt für Schritt ging ich weiter mit einer unglaublichen Ruhe in mir. Ich fühlte mich wohl in meiner Haut, alleine vom Loslassen meiner schweren Gefühle, die ich jahrelang mit mir herumgetragen habe. Ich fühlte mich freier als jemals zuvor. Als ich weiter spazierte, konnte ich von weitem sehen, dass die Sonne hell auf eine kleine Wiese strahlte. Es schien eine kleine Ruheoase zu sein, die umgeben von Bäumen, aber mittig völlig frei war. Der Himmel blickte mit hellem Blau hernieder und die Sonne strahlte mit heller Kraft. Dort angekommen, erlebte ich eine weitere Überraschung auf meiner kleinen Reise durch den Wald.

Viele kleinen Elfen schwirrten auf der Wiese umher und waren in ihrem Spiel vertieft. Ich nannte sie Elfen, weil mir kein anderes Wort für diese bezaubernden Wesen einfiel. Ich stand nicht lange alleine da, sehr bald erblickte mich einer der Gestalten und kam auf mich zu. Sie wirkte größer und mächtiger als alle anderen.

»Hallo Mensch, schön das du zu uns gefunden hast. Ich bin die Hoffnung und ich schenke dir jeden Tag einen Moment, in dem du voller Hoffnung in die Zukunft blicken kannst. Durch mich fühlst du die Kraft und Stärke in dir«, sprach die Hoffnung.

Wieder schienen mir Emotionen zu begegnen und es war ein außerordentlich schönes und aufregendes Kennenlernen. Die Hoffnung trommelte all ihre Gleichgesinnten zusammen, so das in kürzester Zeit alle Elfen in einem Kreis um mich standen. Ich fühlte mich anfangs etwas unsicher und eingeengt, bis sich plötzlich alle nach und nach bei mir vorstellten.

»Ich bin die Zufriedenheit«, ertönte es mit kräftiger Stimme.

»Ich bin das Glück«, konnte man aus der Reihe hören.

Und so lernte ich auch den Stolz, den Mut, die Freude, die Liebe und die Stärke kennen. Sie hatten alle so ein Strahlen im Gesicht, das regelrecht ansteckend war.

»Ich bin auch noch da«, piepste das kleine Selbstbewusstsein.

»Ich kann ganz groß werden, wenn du es zulässt!«

Auch die Ausgeglichenheit, die Dankbarkeit, die Fröhlichkeit, die Geborgenheit und die Selbstsicherheit meldeten sich zu Wort.

»Es ist so schön, euch kennenzulernen«, sprach ich voller Freude.

»Natürlich kenne ich all diese Gefühle, aber euch persönlich zu treffen, bedeutet mir sehr viel, und zeigt mir die Emotionen von einer ganz anderen Seite.«

»Wir alle haben eine kleine Überraschung für dich«, sprach die Hoffnung zu mir. Plötzlich begann es, um mich herum zu leuchten. Jede der Emotionen nahm aus seiner Tasche einen kleinen leuchtenden Stern, den sie mir überreichten.

»Jeder Stern ist ein Symbol für die Emotion, die dich nun auf meinem Weg begleiten soll. Sie schenken dir all das, was du in den letzten Jahren vernachlässigt hast. Die Sterne sollen dich daran erinnern, dass wir immer bei dir sind, in guten und auch in schlechten Zeiten«, so sprach die Liebe zu mir.

Ich hatte Tränen in den Augen und leise rann eine über meine Wange. Ich war so berührt von dieser Geste und all den Worten. Ich packte all die Sterne in meinen Rucksack. Ich hatte zuerst Bedenken, all die positiven Sterne zu den negativen kleinen Gefühlen zu packen, aber entschied mich dann doch dafür.

Denn schließlich sind alle Emotionen ein Zusammenspiel. All die Gefühle sind Teil meines Lebens, die ich jederzeit zusammen packen kann.

Ich schloss meinen Rucksack und in der Dämmerung, die mittlerweile einsetzte, konnte man den Rucksack durch die Sterne strahlen sehen. Mit einem Lächeln in meinem Gesicht verabschiedete ich mich von den kleinen Elfen und begann, meinen Weg nach Hause fortzusetzen. Noch einmal musste ich durch den tiefen Wald der Emotionen. Jeder Schritt zurück beinhaltete eine wundervolle Erinnerung, die mich nun immer begleiten werden.

Als ich zuhause ankam, war es schon sehr dunkel draußen. Ich dimmte das Licht im Zimmer und stellte den Rucksack auf das kleine Tischchen im Raum.

Die Sterne erhellten den Raum, als würde die Sonne scheinen. Ich legte mich an diesem Abend in mein Bett und schlief friedlich ein. In meinen Träumen sah ich den Wald der Emotionen mit all seinen Erinnerungen.

© Nicole Franziska Horn

Nächtliches Geheimnis

Nachts wenn alles schläft, zieht es mich zu dir,
denn die Dunkelheit bietet mir den Schutz,
den ich brauche, um bei dir und mit dir,
allein sein zu können.

Es muss niemand wissen, wo es mich hinzieht,
wenn die Nacht anbricht.
Noch immer habe ich es nicht geschafft,
dich gehen zu lassen.
Niemand weiß, wie sehr ich leide,
niemand sieht mich im Tageslicht weinen.

Nur du und ich in der Nacht,
wenn die Sterne leuchten
und der helle Mond mir den Weg weist.
Nur diese beiden teilen unser nächtliches Geheimnis.
Ich bringe dir Blumen und lege sie
auf die kalte Erde.

Ich küsse ein Foto, das auf einem Kreuz
dein liebevolles Gesicht zeigt.
In der Nacht ist hier Frieden und Stille
und wir sind uns unendlich nah.

Ich sage dir, dass ich dich vermisse,
sage dir, dass ich dich liebe und brauche.
Aber das Himmelreich hat dich mir
viel zu früh genommen.

Auch, wenn es nach langer Zeit immer noch
unwirklich ist, so weiß ich dennoch,
dass es dir, da wo nun deine Seele ruht,
besser geht als hier auf Erden.

Nun werde ich wieder gehen,
mit einem erleichterten Blick schaue ich
mich noch einmal um und flüster:
»Bis bald, mein Schatz,
wenn mich die Sehnsucht packt,
werde ich wieder kommen bei Nacht
und irgendwann sind wir wieder vereint.«

© Rosa Rike Bosbach

Der Schmerz in mir!

Tief in mir versteckt ein großer Schmerz,
die Wahrheit so lange verdrängt,
dass ich es kaum glauben kann.

Fühle den Schmerz nun Jahre später
und stehe an diesem Punkt.
Fragezeichen in meinem Kopf
und auch auf meiner Seele.

Wo will ich hin? Wohin geht mein Weg?
Kann ich verzeihen die große Verletzung?
Aus dem Unterbewusstsein trat es hervor.
Nun der Kampf, werd ich gewinnen oder verlieren?
So viele Fragezeichen tief in mir schlummern.
Möchte alleine sein, möchte bei dir sein.

Was will ich wirklich?
Bin so durcheinander in diesem Leben.
Fühle Traurigkeit und Schmerz,
erlebe Zweifel von einer anderen Seite.
Ich bin machtlos gegen diese Gefühle,
möchte weinen und trauern,
aber auch glücklich in eine Zukunft blicken.

Wo ist mein Weg?
Dort, wo mich mein Herz hinführt!
Ich werde es schaffen, mit erhobenen Hauptes
diese Zweifel auszuräumen.
Denn ich bin ICH - denn ich habe mich gefunden!

© Nicole Franziska Horn

Einsamkeit voller Angst

Es war eine eiskalte Winternacht. Die klirrende Kälte fraß sich durch meine dicken Stiefel und kroch beißend durch meine Füße. Ich rückte näher an das Lagerfeuer, das fast erloschen war und stocherte mit einem Ast in der Glut. Tausende kleine Funken wirbelten tanzend in den sternklaren Nachthimmel. Als ich einen dickeren Ast in die Glut warf, loderten wärmende Flammen auf. Wie jede Nacht konnte ich nicht einschlafen, wie jede Nacht dachte ich an meine Liebste und die Freunde, die ich verlor, an die grauenvollen Geschöpfe der Nacht.

Ich werde die grauenvollen Bilder nie vergessen … die angstvoll aufgerissenen Augen und die Schreie, die sich in meine Seele fraßen. Immer noch sehe ich das Bild vor mir, wie sich die stinkenden Kreaturen, gleich riesige Zecken, über die Lebenden warfen und sie aussaugten wie eine Tüte Apfelsaft. Ich höre immer noch das Knirschen der Knochen und das schlürfende Geräusch, das werde ich niemals vergessen. Sie warfen die leblosen Hüllen verächtlich von sich wie ein Stück Dreck.

Ich hatte Glück und konnte nur knapp entkommen, seit Jahren streifte ich nun einsam durch die Wälder. Fernab von menschlichen Städten und Siedlungen. Jeder Tag ein Tag ohne Hoffnung. Jeden Tag diese grässlichen Bilder vor meinen Augen.

Ein knackendes Geräusch ließ mich hochschrecken. Verzweifelt versuchten meine Augen, die Dunkelheit zu durchdringen. Der Mond tauchte alles in ein silbriges Licht und die froststarren Bäume reckten ihre kahlen Zweige in den Nachthimmel. War da eben an den großen Felsen nicht eine Bewegung? Hatten sie mich jetzt gefunden?

Ich zog meine Handschuhe aus und holte die Pistole aus meiner Jackentasche. Ich konnte das kalte Metall spüren. Meine Finger glitten langsam über den glatten

Lauf und lösten, mit einem klickenden Geräusch, den Riegel des Magazins. Die letzte Patrone funkelt wie ein Diamant im Mondlicht. Die letzte Patrone, ich wusste genau, was ich mit ihr machen wollte. Tausendmal hatte ich es in Gedanken durchgespielt, jedes Mal, wenn ich es tun wollte, fehlte mir der Mut. … doch jetzt war es etwas anderes.

Ja, jetzt konnte ich es eindeutig erkennen, zwischen den Bäumen bewegten sich eindeutig mehrere Schatten. Ich schob das Magazin wieder in der Pistole. »Verdammte Scheiße, warum hat er sich erschossen?«

»Keine Ahnung, aber er muss schon länger hier draußen in den Wäldern leben, vielleicht ist er ja durchgedreht?«

© Peter Naujoks

Wolken am Himmel

Wolken am Himmel
sind ein bisschen wie unsere Emotionen.
Manchmal sind sie hell und zaubern leichte Schatten
auf unser Leben, die uns schützen.

Manchmal jedoch sind sie dunkel
und daraus entsteht ein Donnergrollen,
das auf unser Leben einschlägt.

Beide Arten von Wolken bereichern unser Leben,
denn sie sind Zeichen dafür, das wir leben.
In unserem Leben ist es das Licht und der Schatten,
die unsere Seele aufleben lassen.
Wolken liegen auf unserer Seele und zeigen ihr
ein Bildnis von Schönheit und Naturgewalten.

Liebe Seele,
die Wolken zeigen dir den Weg zu unseren Emotionen.
Helle Wolken für das Glück,
dunkle Wolken für das Schwere in unserem Leben.
Dennoch gehört beides zu uns,
denn es ist das Gleichgewicht
in unserem Leben.

© Nicole Franziska Horn

Die Gefühle

Ich wache auf und denk an dich,
meine Güte, das gibst doch nicht.
Wie soll das nur weitergeh'n ?
Das ist wohl so, beim Kopf verdreh'n

Mein Hirn, es gibt keine Ruh,
da bist nur du, nur du, nur du.
Ich mag dich, das sagt mir mein Herz,
mit der Liebe kommt auch Schmerz.

Die Sehnsucht treibt mich durch den Tag,
ob er sich auch so fühlen mag?
Die Vernunft, sagt mir, lass es sein,
jedoch mein Herz, sagt ja, nicht nein.

© Rosa Rike Bosbach

Sturm der Emotionen – Wunden

Wie schön war es doch als kleines Kind. Erinnerst du dich, was geschah, wenn du hinfielst und das Knie aufschlugst? Richtig! Jemand nahm dich in den Arm, hat gepustet, dich getröstet, dir vielleicht ein Lied gesungen »Heile, heile Segen ...« Du bekamst ein Pflaster drauf mit Blümchen. Jeder sah das bunte Pflaster auf deinem Knie und lobte dich, wie tapfer du warst. Und schnell war alles vergessen und es ging dir wieder gut.

Nun bist du alt, das Leben hat seine Spuren bei dir hinterlassen; äußerlich und – in deiner Seele. Mit den körperlichen Einschränkungen hast du gelernt, dich zu arrangieren. Aber niemand sieht die Wunden in deiner Seele. Niemand sieht deine Verzweiflung, deine Tränen. Niemand reicht dir ein Pflaster, um deine Wunden zu versorgen. Und wenn man dir ansieht, dass es dir nicht gut geht, gibt es kein Lied, dass dich aufmuntern soll. Nein, es ertönt ein: »Du siehst aber scheiße aus!« Wenn du versuchst, es zu erklären, bekommst du ein: »Das wird schon wieder.« Du fühlst dich nicht ernst genommen und mit jedem dieser Worte wirst du trauriger und verschlossener. Nach außen hin trägst du eine Maske des Normalen. Du lächelst, auch wenn dir zum Weinen ist. Doch immer mehr kleine Wunden bedecken deine Seele. Irgendwann ist es nicht mehr nur deine Seele, die leidet. Deine Haut zeigt Pickel, Ausschläge, sie blüht förmlich. Deine Augen schauen traurig und trüb. Würde sich jemand die Mühe machen, dir in die Augen zu schauen, er könnte die Qual deiner Seele sehen. Auch dein Körper gibt dir Zeichen, dass es genug ist, er schreit vor Schmerzen. Du nimmst sie hin und erträgst sie. Du ignorierst, was sie dir sagen: »Wenn dir niemand hilft, keiner für dich da ist, niemand der dich tröstet und in den Arm nimmt, keiner, bei dem du Geborgenheit spürst

– DANN MUSST DU DIR SELBER HELFEN!« Du hörst die Schreie deines Körpers und deiner Seele, aber du fühlst dich zu schwach, um zu leben oder gar zu kämpfen. Du ziehst dich zurück in dein tiefstes Inneres, baust eine hohe Mauer um dich und betonierst dich ein. Dort lebst du. Nach außen bist du nicht mehr du, sondern klein, unscheinbar und nicht beachtet. Nur dort, tief in deiner verletzten Seele, da bist DU - noch - denn: Wenn du nicht die Kraft findest, auszubrechen, und niemand kommt, sie einzureißen, dann wird es nicht mehr lange dauern, und du wirst einfach verschwinden; im Innen und Außen.

© Linda Marie Haupt

Mohnblumenzauber

Viele Jahre war der Zauber
der Mohnblume verschwunden.
Zu sehr waren die Gefühle
in der Tiefe meiner Seele begraben.
Ich konnte sie nicht mehr wahrnehmen,
konnte die Schönheit nicht mehr sehen.
Fragte mich,
wo sind all die Mohnblumen hin?

Eines Tages,
meine Gefühle waren wieder
viel mehr an der Oberfläche,
konnte ich sie vereinzelt wieder sehen.
Meine Seele gab den Blick auf den Zauber zurück.
Tränen verschleierten meinen Blick
beim Anblick der zurückkehrenden
Mohnblume.

Sie bringen mir ein Stück verlorene Kindheit zurück.
Der Zauber ist zurück
und meine Seele lächelt
beim Anblick der Schönheit einer einzelnen Blume.

© Nicole Franziska Horn

Babsi Cupidus

Es war schon später Abend. Die Straßenlaternen glitzerten wie große Sterne in der Dunkelheit. Kalt war es und regnen tat es auch noch. Durchnässt lief Heidi die Straße entlang. Der Tag war die Hölle. Wut machte sich in ihr breit. Mit jedem Schritt ein bisschen mehr. Die Hälfte der Strecke hatte sie schon hinter sich, als Tränen über ihr Gesicht liefen. Sie spürte es nur, weil diese wärmer waren, wie der ins Gesicht peitschende Regen. Aus weiter Ferne hörte sie das Grölen junger Menschen, die sich am Freitagabend auf das Wochenende einstimmten. Ihre Gedanken drehten sich noch um den Tag, sie konnte nicht so schnell Feierabend machen.

Sie arbeitete als Bürokraft in einer Hausverwaltung. Den ganzen Tag klingelte das Telefon und jeder schüttete sein Herz bei ihr aus. Als ihr Chef dann auch noch gegen 19 Uhr an ihrem Schreibtisch kam, eine Notiz auf ihren Tisch legte und dann schnell wieder verschwand, ahnte sie bereits Böses. Ihr Feierabend war in weiter Ferne. Der Dienst ging noch bis 22 Uhr. Obwohl sie gerade ein Telefonat mit einem aufgebrachten Mieter hatte, nahm sie die Nachricht und konnte gerade soeben noch ihre Wut hinunter schlucken. Der arme Mieter konnte ja nichts dafür, er regte sich ja lieber darüber auf, dass die Treppenhausreinigung nicht wie sonst um 12 Uhr die Treppe gewischt hatte, sondern erst um 13.30 Uhr. Es war bereits der siebte Anruf dieser Art aus ein und demselben Haus und alle hatten das gleiche Anliegen. Die Reinigungskraft war nicht pünktlich erschienen. Wie sie es doch hasste, dass die Leute mit der Stoppuhr am Fenster saßen und nichts anderes zu tun hatten, als auf den geregelten Ablauf zu achten. Wenn es nun alte Menschen gewesen wären, könnte sie es ja verstehen, denn diese waren aus einem geregelten Leben herausgerissen worden, und mussten auf dem Abstellgleis namens Rente dahinvegetieren, da war es eine geregelte Abwechslung, wenn der Reinigungstrupp kam. Glücklich konnten sich diese Menschen schätzen, wenn sie noch körperlich und geistig fit waren. Nein, es waren Arbeitslose und alleinerziehende Mütter, die sich in ihrer Mittagsruhe gestört fühlten, die sich regelmäßig bei ihr beschwerten. Die Bewohner dieser Wohnanlage würden ihr noch einmal den letzten Nerv rauben. Irgendwann einmal und dann würde sie vor Wut platzen und allen die Meinung sagen. Sie hatte gedacht, dass das Telefongespräch bald vorüber sein sollte, wenn der junge Mann Mitte zwanzig sich ausgemehrt hätte, aber sie sollte getäuscht werden. Er hatte sich erst warmgeredet mit der Beschwerde wegen der Treppenhausreinigung.

Als Nächstes folgte dann von ihm: »Heute früh, gegen halb neun, schleuderte lautstark eine Waschmaschine. Davon bin ich geweckt worden. Das muss in der Hausordnung geändert werden, das nur in der Zeit von um 10 bis 12 Uhr und 16 bis 18 Uhr gewaschen werden darf. In dieser Bruchbude ist ja jedes Geräusch zu hören.«

»Entschuldigen Sie bitte, aber in der Hausordnung sind die Zeiten klar geregelt, von um 6 Uhr morgens bis mittags um 13 Uhr und ab 15 Uhr bis spätestens 20 Uhr darf gewaschen werden. Sonntags gilt Waschverbot.«

»Das interessiert mich nicht, ich fühle mich dadurch gestört und dann auch noch der ständige Lärm der Staubsauger, die knallenden Türen und vor allem diese kreischenden Kinder. Wie soll man denn da zur Ruhe kommen?«

»Sie wussten vorher, dass es Kinder in der Wohnanlage gibt und gegen Reinlichkeit ist auch nichts zu sagen. Diese Wohnungen sind ...«

Lautstark fiel er ins Wort: »Was glauben Sie eigentlich, wer Sie sind. Sie sind nur eine kleine Tippse und haben ein eigenes Haus. Ich bin hier derjenige, der etwas mehr Verständnis braucht. Mein Arbeitslosengeld reicht gerade einmal für das Nötigste, dann will ich wenigstens meine Ruhe haben!«

In dem Moment fiel ihr Blick auf die Nachricht, die ihr Chef auf der Rückseite des Zettels geschrieben hatte: ›Dienstplanänderung: Samstag von um 12 Uhr bis 21 Uhr. Sonntag von um 14 Uhr bis 22 Uhr. Geht nicht anders, sie sind kinderlos.‹

Sie konnte ihre Wut nicht länger bändigen, und der Mann am Telefon bekam sie ab: »Wissen Sie was? Sie sind doch nur zu faul zum Arbeiten. Mit 20 Jahren sollten sie in der Lage sein, sich einen Job zu suchen, stattdessen terrorisieren sie mich hier, weil sie eine halbe Stunde ihrer kostbaren Zeit einbüßen mussten. Sie sollten froh sein, dass Vater Staat ihnen die Miete und den Unterhalt zahlt, denn sonst würden sie auf der Straße unter einer Brücke hausen und die Maden aus dem Müll fressen, Sie sozialschmarotzender Großkotz.«

Dem jungen Mann blieb die Stimme weg, nur ein Krächzen war zu hören.

Heidi war auf hundertachtzig und ließ es den Mieter auch spüren. »Und wenn es Ihnen nicht passt, dass sie in einem Wohnblock leben müssen, der gerade letztes Jahr entstanden ist und sie in einer Neubauwohnung leben müssen, die mehr Komfort bietet, wie einige andere Wohnungen, dann ziehen Sie doch aus. Das Gespräch ist beendet.« Mit einem lauten Knall warf sie den Hörer auf das Telefon.

Ihre Kollegin blickte nur erschrocken zu ihr hin. In ihren Augen stand die nicht ausgesprochene Frage: ›Was ist denn mit dir los?‹

»Glotz mich bloß nicht so blöde an. Ihr Zicken mit euren Gören bekommt doch sowieso alles vorne und hinten reingeblasen. Dank euch werde ich als alte Jungfer sterben.«

Der Kopf der Kollegin verschwand fast zwischen ihren Schultern, gerade so, als schäme sie sich dafür, dass sie am kommenden Wochenende frei hatte. Sie musste Heidi ja recht geben, denn eigentlich sollte sie am Samstag und Sonntag den Dienst leisten, hatte aber dem Chef gesagt, das ginge nicht, weil sie sich um ihre Kinder kümmern müsste und keine Betreuung so schnell bekommen würde. Allerdings traute sie sich nicht mehr, einen Ton von sich zu geben. Heidi war ihr in diesem Moment nicht geheuer.

Die junge Frau, die auf den schönen Namen Silvana hörte, hatte zu Hause drei Kinder herumtoben. Der Älteste war sechs Jahre, die Mittlere vier Jahre und die Kleinste gerade mal zwölf Monate alt. Sie konnte ja auch nichts dafür, das ihr Noch-Ehemann das Weite gesucht hatte, bevor ihre jüngste Tochter auf die Welt kam. Und wenn der Kerl wenigstens Unterhalt zahlen würde, müsste sie auch nicht hier arbeiten. Das hätte sie Heidi gerne gesagt, sie wusste aber auch, dass mit Heidi jetzt nicht zu reden war.

Normalerweise war Heidi die Ruhe in Person, die nichts erschüttern konnte. Was heute allerdings mit ihr los ist, vermochte Silvana nicht zu sagen, noch zu vermuten.

Gegen 20 Uhr verließ der Chef still und leise das Büro, er wollte keine Diskussion mit Heidi führen. Obwohl Heidi auch nur Teilzeitkraft war und maximal 30 Stunden die Woche arbeiten musste, war sie diejenige, die immer wieder einspringen musste. Mit schöner Regelmäßigkeit schuftete sie bis zu 50 Stunden in der Woche. Silvana hatte einen Vertrag mit 25 Wochenstunden und machte so gut wie nie Überstunden, sie hatte ja schließlich auch drei Kinder zu versorgen. Die anderen Kolleginnen waren auch nur in Teilzeit angestellt, glänzten aber regelmäßig mit Abwesenheit durch Krankheit. Das wusste er alles, hatte aber keine Lust sich den Abend oder sein freies Wochenende dadurch verderben zu lassen. Er war schließlich der Chef und nach 40 Stunden in der Woche hatte er sich schließlich auch zwei ruhige Tage verdient. Stolz konnte er auf seine gut laufende Hausverwaltung sein. Jeden Morgen ab sechs Uhr bis abends 22 Uhr waren seine Bürokräfte für die Mieter da. Insgesamt beschäftigte er acht Bürokräfte, einen Buchhalter, eine Kauffrau in der Grundstücks- und Wohnungswirtschaft und seine Sekretärin. Mit zwölf Personen war es doch ein Leichtes die 995 Wohneinheiten zu wuppen. Er war auch im Glauben, dass er seine Mitarbeiter gut bezahlen würde. Die Bürokräfte bekamen schließlich acht Euro die Stunde und für jede Überstunde gab es noch einen Euro oben drauf. Dann sollten sie nicht rumzicken.

Mehr als gewollt, gingen Heidi die letzten zwölf Stunden durch den Kopf, als sie die letzten Meter zu ihrem Haus lief. Diesen Monat hatte sie schon 184 Stunden gearbeitet und es standen ihr noch sechs Tage bevor. Dann war endlich der Monatswechsel. Eigentlich wollte sie sich an ihrem freien Wochenende mit einem Mann treffen, den sie im Internet kennengelernt hatte. Nach einem Jahr hatten sie endlich einen gemeinsamen Termin gefunden, an dem beide konnten und nun musste sie ihm absagen. Es war doch zum Heulen.

Nur noch hundert Meter und sie war endlich zu Hause. Nur noch an der zwei Meter hohen Hecke vom Nachbargrundstück, die sie so sehr hasste, vorbei und dann war sie endlich in ihrem Reich. Plötzlich bewegte sich eine dunkelgekleidete Gestalt genau aus diesem Grünbewuchs und sprang sie an. In ihrer Wut schlug und trat sie um sich. Sie spürte etwas Warmes, Klebriges an ihren Händen und trotzdem schlug sie immer weiter zu. Auch als die Gestalt am Boden lag, trat sie noch auf diese ein.

Erst als die Sirene eines Polizeiwagens näher kam, hörte sie auf und starrte auf das Häufchen vor ihren Füßen. Noch einen letzten Tritt, bevor der Wagen direkt hinter ihr hielt. Zwei Beamte sprangen aus dem Fahrzeug, einer kniete sich direkt neben die ihr unbekannte Gestalt und einer trat neben sie. Eine weibliche Stimme drang an ihr Ohr: »Sind sie in Ordnung? Geht es Ihnen gut?« Heidi nickte merklich, sagte aber kein Wort.

Die Polizeibeamtin legte vorsichtig einen Arm um Heidi, die nun zu zittern begann. »Kommen Sie mit zum Wagen. Wissen Sie, wo der Täter hin ist? Oder sogar wer es war?«

Heide bewegte verneinend den Kopf, konnte aber immer noch nicht sprechen.

Aus weiter Ferne hörte sie den Mann reden. »Wir benötigen sofort einen Rettungswagen und einen Arzt. Der Mann ist schwer verletzt. Und schickt Verstärkung, der Täter ist flüchtig.«

Unbewusst wischte sich Heide an der schwarzen Hose ihre Hände ab, als sie mit der Beamtin zu dem Wagen ging. Dort lehnte sie sich an die Seite und war nun froh, dass es regnete. Der Wagen war nass und die Feuchtigkeit reichte aus, dass sie ihre Hände befeuchten konnte. Sie rieb sich die Hände, als wenn es gefroren hätte. Heidi zögerte noch, ob sie der Staatsdienerin die Wahrheit sagen sollte oder doch lieber schweigen. Sie entschied sich für die zweite Variante.

Innerhalb weniger Minuten standen mehrere Fahrzeuge mit Blaulicht auf der Straße. Polizeibeamte durchsuchten die Gärten und Nebenstraßen, Rettungsassistenten und ein Notarzt kümmerten sich um den am Boden liegenden Mann. Die Polizistin war immer noch um Heidi bemüht und beruhigte diese. Ein Rettungsassistent kam zu ihnen und erkundigte sich nach Heidis Befinden. Er stellte einen Schock fest und bestimmte, dass Heidi auf alle Fälle in ein Krankenhaus müsste.

›Krankenhaus? Also doch ein freies Wochenende‹, ging es ihr durch den Kopf und innerlich freute sie sich darüber. Sollte ihr Chef doch zusehen, wie er am Wochenende die Besatzung vollbekommen würde.

»Sind Sie damit einverstanden?«

Seitdem sich die Polizistin um sie kümmerte, hatte sie noch kein Wort gesprochen. Das »Ja!« kam dafür sehr klar und deutlich aus ihrem Mund. Die Beamtin guckte sie erstaunt an. Bevor sie noch weiter sprechen konnte, wurde sie von dem jungen Retter in einen Rettungswagen gebracht. Dieser half ihr noch auf die Trage und binnen Sekunden weinte sie bitterlich.

Sie hörte ein Lautes: »Doc, ich brauch dich hier - sofort!«

Nur einen Augenblick später betrat ein blonder Mann das Fahrzeug. Seine dunkel klingende Stimme erinnerte sie an jemanden, aber an wen? »Na, wer wird denn hier alles unter Wasser setzen?« Noch bevor sie antworten konnte, spürte sie einen Stich auf ihrem Handrücken und etwas Kühles an der Einstichstelle. Dann wurde es ihr wohlig warm. Ein leises Stöhnen kam ihr über die Lippen, als sie schon dahindämmerte und von einem hellen Schein abgeholt wurde. Den Transport in die Klinik bekam sie kaum mit.

An der Einsatzstelle herrschte plötzlich eine unerklärliche Aufregung, denn ein Zeuge hatte sich gemeldet und ausgesagt, dass es keine dritte Person gegeben hätte. »Die Heidi, die hat sich gewehrt. Der Typ lungert hier schon seit Tagen herum und spricht Frauen an. Sehen Sie hier ...« Der ältere Mann zeigte auf ein Loch in der Hecke, »das hat er letzte Nacht freigeschnitten und sich heute Abend dort versteckt. Ich habe schon die ganze Zeit gedacht, dass der doch etwas vorhat.«

Wie auf Kommando blickten alle Polizisten auf den Herren, die junge Frau fand zuerst Worte. »Und das haben Sie nicht gemeldet? Wie lange ist der Mann schon hier herumgeschlichen?«

»Ach, junge Frau, bereits drei Mal habe ich es in den vergangenen zehn Tagen gemeldet und immer wieder zur Antwort bekommen, ich solle doch keine unbescholtenen Bürger verdächtigen. Warum also sollte ich wieder anrufen, als er das Loch geschnitten hat?« Der ältere Mann zeigte deutlich seinen Unmut.

»Entschuldigen Sie bitte, das wusste ich nicht.« Die junge Polizistin leuchtete in die Stelle der Hecke, in der sich der Verdächtige versteckt haben soll, und wurde fündig. Eine kleine schwarze Ledertasche, genauer gesagt eine Handtasche kam zum Vorschein. Ihre Kollegen hatten sich verteilt und durchsuchten die Gärten, die direkt an der dunklen Straße lagen. Einer saß im Wagen und hielt Rücksprache mit dem Revier, während sie die Tasche durchsuchte.

Ein lauter Ruf riss sie hoch. »Babsi, alles sichern und fotografieren - wir haben ihn!« Der Kollege aus dem Dienstwagen stand jetzt neben diesem und hob seinen Daumen in die Luft.

»Du meinst den Vergewaltiger?«

»Ja, genau den. Im Krankenhaus wurde er durch eine Schwester identifiziert. Die Blutprobe stimmt überein.«

»Okay, alles klar.« Zum älteren Herrn gewandt, sagte sie: »Seit mehreren Jahren wird der Mann gesucht, da hat Ihre Nachbarin ja wirklich sehr viel Glück gehabt und Sie waren im Recht mit Ihrer Vermutung.«

»Dann wird Heidi nichts passieren? Wir mögen sie sehr gerne, sie ist ruhig und immer hilfsbereit. Sowas lernt man heutzutage kaum noch kennen. Es tut mir nur leid für sie, dass sie immer noch alleine lebt, das hat sie bei Gott nicht verdient.«

Der Herr verabschiedete sich und ging, schwer auf seinen Stock gestützt, über die Straße zu seinem Haus.

Die junge Polizistin fragte sich, ob alle Nachbarn dieselben Gedanken über die junge Frau hatten, und beschloss, die Anwohner zu befragen. Babsi informierte ihre Kollegen und ging von Haustür zu Haustür, war froh, dass sie niemanden aus dem Bett holen musste. Alle Häuser waren beleuchtet und die Bewohner saßen vor den geöffneten Fenstern. Die Meinung der überwiegend älterer Nachbarn war eindeutig: Die junge Frau war äußerst beliebt und jeder sprach liebevoll über sie. Die Anteilnahme war sehr groß und alle wollten Heidi helfen. Auch die Aussagen bezüglich des Täters waren stichhaltig, seit Tagen hielt er sich in der Straße auf und sprach Frauen an, wenn diese sich in den dunklen Bereichen der Straße befanden.

Babsi schloss die Beweisaufnahme ab und fuhr mit ihrem Kollegen Sergej ins Krankenhaus.

»Sergej, du bleibst bitte zurück, ich möchte mit ihr reden.« Babsi wandte sich der nächstbesten Krankenschwester zu, die ihren Weg kreuzte. »Entschuldigung, wir suchen die junge Frau, die vorhin eingeliefert wurde.«

»Ach, sie meinen das Vergewaltigungsopfer. Die liegt auf der Station dreizehn Zimmer zwei. Der Arzt ist immer noch bei ihr. Also warten Sie gefälligst, bis er raus kommt.« Abweisend, kühl und patzig beantwortete die Schwester die Frage.

Babsi bedankte sich und dachte sich ihren Teil.

»Was ist das denn für eine? Von Respekt hat die wohl noch nichts gehört.« Sergej sprach das aus, was auch Babsi durch den Kopf ging.

»Wahrscheinlich ist die Schwester nur gestresst, ich kann mir nicht vorstellen, dass sie so mit den Patienten spricht.«

Kaum hatte die junge Polizistin diese Worte ausgesprochen, als schon ein lautes Geschrei an ihre Ohren klang.

»Verschwinden Sie auf Ihr Zimmer, hier ist Nachtruhe. Ab 20 Uhr haben die Patienten in ihren Betten zu liegen.« Die Schwester mittleren Alters war im Gesicht rot angelaufen, Ihre kurzen grauen Haare standen zu Berge und die Stimme klang schrill. Ein wenig Angst war in ihren Worten zu hören.

Babsi und Sergej blickten sich an und wie so oft, dachten sie dasselbe: ›Die weiß etwas.‹ Mit einem kurzen Nicken teilten sich die beiden Beamten auf. Sergej ging zu der Schwester und Babsi auf die genannte Station.

Sie wollte vor dem Zimmer warten, als sie von einer anderen Schwester freundlich angesprochen wurde. »Kommen Sie bitte mit, der Doktor möchte mit Ihnen reden und ich glaube, Sie können einen starken Kaffee vertragen.«

»Vielen Dank, gerne folge ich Ihnen. Vielleicht können Sie mir eine Frage beantworten. Die Schwester im Eingangsbereich war sehr barsch, ist das normal für sie?«

»Sie meinen Schwester Zoja? Nein, das ist nicht normal. Sie ist eigentlich eine ganz liebe Person, allerdings hat sie heute ihre Vergangenheit wieder gesehen. Der Mann, der sie jahrelang misshandelt hat, bis sie ihn angezeigt hat. Es ist Ihr Täter.« Die junge Nachtwache zeigte volles Verständnis für ihre ältere Kollegin und auch Babsi wurde in dem Moment einiges klar.

»So etwas Ähnliches habe ich mir schon gedacht, danke.« Bei dem Stationszimmer angekommen, stand bereits der Arzt vor den beiden.

Vor der Polizistin stand ein großer, breitschultriger Mann mit rotem Haar, einem verführerischen Lächeln und grünen Augen. Augen, in denen man sich verlieren konnte.

»Hallo! Gut, dass Sie hier sind. Mein Name ist Leon Berger. Sie kommen wegen Heidi Ventell?«

Babsi stellte sich vor und bestätigte die Frage. »Wie geht es ihr?«

»Psychisch geht es ihr nicht besonders nach diesem Ereignis, körperlich ist sie weitestgehend verschont geblieben, bis auf ein paar Platz- und Schürfwunden an ihren Händen. Die Frau hat sich heftig gewehrt.«

»Das wurde mir bereits berichtet, der Täter soll wohl einiges abbekommen haben.«

»Korrekt, mehrere schwere Prellungen am Brustkorb, gebrochene Nase, ein blaues Auge und eine ziemlich heftige Hodenprellung. Frau Ventell hat zugegeben, dass sie ihn geschlagen und getreten hat.« Ein breites Grinsen zeigte sich auf dem Gesicht des Arztes und seine Augen schienen vor Freude zu tanzen.

Die Schwester und auch Babsi konnte sich ein Grinsen nicht verkneifen.

»Kann ich mit ihr sprechen?«

»Leider nein, ich habe Frau Ventell eben eine Beruhigungsspritze gegeben, damit sie etwas Ruhe bekommt. Sie macht sich schwere Vorwürfe, dass sie ohne Grund auf einen Mann eingeschlagen hat. Aber Sie können mit dem Täter reden, der ist ansprechbar.«

»Danke, aber das sollten lieber die Kollegen übernehmen. Dann komme ich morgen noch einmal, wenn es in Ordnung ist.«

»Das ist okay, bis dahin wird sich Heidi ... ähm Frau Ventell, ein wenig erholt haben.«

Die Polizistin hatte es im Gefühl, dass sich dort etwas anbahnen würde, und verabschiedete sich mit einem wissenden Lächeln.

Sergej erwartete sie bereits am Ausgang mit den Worten: »Schwester Zoja kommt nach ihrem Dienst auf die Wache, um ihre Aussage zu machen. Sie ist heute zu aufgewühlt.« Sein Gesichtsausdruck zeigte Mitgefühl und Traurigkeit.

Babsi staunte nicht schlecht, denn normalerweise war Sergej ein ›harter‹ Kerl, den nichts erschüttern konnte und Gefühle wurden nicht zugelassen. Sie nickte ihm nur kurz zu und verließ das Krankenhaus mit dem Kommentar: »Morgen Mittag kann ich die junge Frau vernehmen.«

»Also heißt es warten und Berichte schreiben.«

»So sieht es aus, mein Freund und diesmal bist du dran.«

»Och nö, meine schöne Babsi. Das kannst du doch meinen zarten Fingern nicht antun. Ich war gerade zur Maniküre.« Sergej hielt die rechte Hand hoch und zeigte stolz seine Fingernägel.

»Wenn du dein ständiges Abknabbern Maniküre nennst, dann waren meine Hände im Wellnesstempel.« Lachend ging Babsi auf den Spaß ein. »Diesmal nicht, du Lump. Seit Wochen drückst du dich davor und ständig muss ich am Computer hocken.«

»Meine herzallerliebste Kollegin, denk doch mal an meine geschundenen Knie. Die bedürfen Schonung, wenn ich dem nächsten Flüchtigen hinterherlaufen muss.«

»Im Auto hinterherlaufen kann jeder, auch ein Kniekranker. Aber ich mach dir einen Vorschlag ... Putzdienst oder Berichte.«

»Sind wir schon wieder mit Putzdienst dran? Ich nehm die Berichte.«

Mittlerweile waren die beiden Beamten an ihrem Wagen angekommen, bestiegen diesen und fuhren ins Präsidium.

Währenddessen saß Leon Berger bei Heidi am Bett und unterhielt sich mit ihr. Es war eine Notlüge von ihm, dass er ihr ein Beruhigungsmittel gegeben hatte, denn er kannte sie bereits seit über einem Jahr - nicht persönlich, nur übers Internet. Er wusste, dass sie jegliche Medikamente verabscheute, die nicht der Natur entsprangen.

»Du hast mir einen ganz schönen Schrecken eingejagt, Heidi. Als ich deinen Namen las, dachte ich, mir bleibt das Herz stehen.«

»So ähnlich erging es mir auch, Leon. Du hast mir nicht gesagt, dass du Arzt bist. Warum?«

»Weil ich deine Einstellung schon früh erkannte. Alles rund um das Thema Medizin war dir ein Gräuel, wie sollte ich dir dann sagen, das ich ausgerechnet in diesem verhassten Bereich arbeite?«

»Ich hasse die Medizin nicht, nur die Chemie hasse ich. Kam ich so ablehnend herüber?«

»Leider ja, Heidi, deswegen traute ich mich nicht, denn ich wollte dich persönlich kennenlernen.«

»Und es hätte dieses Wochenende sein sollen, jedoch hat mein Chef mich zur Arbeit eingeteilt. Es tut mir leid.«

»Wieso tut es dir leid? Mir tut es leid, dass das Schicksal dich mit Gewalt hergeführt hat. Ach Heidi, du glaubst gar nicht, wie froh ich bin, dass dir nichts Schlimmeres passiert ist.« Er legt ihre Hand an seine Wange und küsste die Fingerspitzen.

Ein wohliges Gefühl machte sich in Heidi breit. »Ich bin auch froh. Den Schrecken werde ich zwar noch eine Weile in mir tragen, aber er wird vergehen.«

»Wo wir gerade beim Thema sind, ich habe Neuigkeiten für dich. Du brauchst dir keine Gedanken mehr machen, weil du dem Mann so zugesetzt hast. Er wird seit längerer Zeit gesucht. Er ist der Vergewaltiger, seitdem schon so lange gefahndet wird.«

»Wie bitte? Ich soll einen Verbrecher gestellt haben? Das glaube ich jetzt nicht. Leon, du nimmst mich auf den Arm.«

»Nein, das tue ich nicht. Ich habe es eben von der Polizei gehört. Du bist eine kleine Heldin, meine Liebe.« Langsam beugte er sich zu ihrem Gesicht hin und hauchte einen Kuss auf ihre Lippen. »Das wollte ich schon sehr lange tun.«

»Hör nicht auf damit, das gefällt mir.« Ein schelmisches Lächeln zeigte sich auf ihrem Gesicht. Sie legte eine Hand in seinen Nacken und zog sein Gesicht näher zu sich heran. Der folgende Kuss löste eine Explosion der Gefühle in beiden aus.

Am nächsten Morgen unterhielt sich Sergej mit Schwester Zoja, die, wie versprochen, direkt nach ihrem Dienst zur Wache kam.

Die Aussage war schnell aufgenommen, dennoch schienen die beiden sich nicht trennen zu wollen.

Plötzlich ging die Tür auf und Babsis Kopf erschien. »Wollt ihr beiden den ganzen Tag hierbleiben. Wir haben Feierabend, Sergej.«

»Schon? Oh je, ich habe mir soeben meinen Ruf versaut. Normalerweise verweigere ich jede Art der Überstunden. Das macht diese bezaubernde Frau hier.« Ein vielsagender Blick Sergejs traf den von Zoja, die prompt einen zartrosa Schimmer auf die Wangen bekam.

»Warte einen Moment, Zoja. Ich bin gleich wieder da und dann gehen wir beide schön frühstücken.«

Ein zustimmendes Lächeln und ihre leuchtende Augen sprachen für sich. Sie nickte nur kurz.

Wie ein Wirbelwind stob Sergej aus dem Büro und wollte direkt zur Umkleide. Babsi hielt ihn jedoch kurz auf.

»Na, bahnt sich da was an?«

»Liebste Kollegin, da ich schon seit Jahren von dir abgeschmettert werde, werde ich dir diese Frage jetzt nicht beantworten. Das Schicksal wird wissen, was geschehen wird. Und nun entschuldige mich bitte, ein Engel wartet auf mich.« Mit einem verschmitzten Grinsen ging er in den Umkleideraum, obwohl Babsi hätte schwören können, dass es mehr einem Schweben glich. Sie lächelte, ahnte bereits, dass sich demnächst einiges ändern wird.

Obwohl sie selbst schon Feierabend hatte, fuhr Babsi wieder in die Klinik und unterhielt sich mit Heidi. Diese beantwortete alle Fragen ausführlich, als Leon ins Zimmer hereinbrauste. »Mein Schatz, du bist ent...« Seine letzten Worte blieben ihm regelrecht im Halse stecken. »Oh hallo. Ich wusste nicht, dass Sie schon hier sind.«

Babsi konnte sich ein Grinsen nicht mehr verkneifen. »Schon in Ordnung, Doktor. Bereits in der Nacht habe ich bemerkt, dass Sie mich angeschwindelt haben bezüglich der Beruhigungsspritze. Kennen Sie sich schon länger?« Ihre Neugier wollte sie nicht dämpfen, dazu war es viel zu spannend.

»Länger schon, nur nicht persönlich. Wir haben seit über einem Jahr intensiven Kontakt per Internet, die Zeit erlaubte uns kein persönliches Treffen.« Heidi kam ihm zuvor, da er mit einem hochroten Kopf halb im Raum und halb auf dem Flur stand.

»Komm rein, Leon, sonst weiß es bald die ganze Klinik.« Heidi musste lachen.

»Ich freue mich sehr darüber, dass anscheinend alles ein gutes Ende findet.« Babsi gratulierte den beiden mit einem kräftigen Händedruck. »Sobald es Ihnen erlaubt wird, kommen Sie bitte zur Wache, um Ihre Aussage zu unterschreiben. Am Montagmorgen wäre es am Besten.«

»Ja, natürlich komme ich. Und danke, Babsi Cupidus.« Mit einem freundlichen Lachen verabschiedete sich Heidi schnell von ihr, da sie wusste, dass die junge Polizistin bereits lange Feierabend hatte.

Diese verabschiedete sich und verließ zügig das Krankenzimmer. Vor der geschlossenen Tür lehnte sie sich an die Wand und es schien, als wenn ihr Gesicht hell leuchtete. Bereits zum zweiten Mal an diesem Tag. Babsi Cupidus brachte den Verliebten Glück. Nur sie selbst fand ihres nicht.

© Bibi Rend

Die Tiefe seiner Seele

Die Tiefe seiner Seele
gleicht der Tiefe des Meeres.
An der Oberfläche strahlen die Farben
und ein Gefühl der Wärme breitet sich aus.
Ich blicke mit aufgeregten Augen
in das Blau des Meeres
und spüre mit aufgeregten Gefühlen meine Seele.

Ein wenig tiefer tauche ich hinab in das Meer
und spüre unendliche Stille.
Stille, die auch in meiner Seele wohnt.
Eine Ruhe, die mich entspannt und staunen lässt.
Ruhe, die so friedlich ist
und mir diesen einen Moment schenkt.

Es geht noch tiefer.
Tiefer tauche ich ab in die Dunkelheit,
es wird finster und kalt.
Ist es auch in der Tiefe meiner Seele so dunkel und kalt?
Verborgen unentdeckte Gefühle
von Schmerz und Trauer?
Dunkel und kalt kann die Tiefe der Seele sein,
jedoch kann ich diesen Zustand durchbrechen.

Durch den starken Willen meiner Persönlichkeit,
durch den Mut, um an friedvolles Leben zu glauben
und die Arbeit an mir selbst,
bleibt meine Seele hell auch in der Tiefe.
Ich tauche ab und das Licht bleibt bei mir.
Ich spüre die Stille auch in der Tiefe des Meeres,
wenn das Licht bei mir ist.

© Nicole Franziska Horn

Über die Autoren

Am 6. April 1964 erblickte ich, **Isabella Bauch**, als viertes Kind meiner Eltern, das Licht der Welt. Schon als kleines Kind faszinierten mich meine Kinderbücher immer sehr. Anfangs begnügte ich mich mit den Bildern darin und bat meine Familie sehr oft, mir daraus vorzulesen.

Als ich endlich selbst lesen konnte, saß ich oft stundenlang an einem Platz mit einem Buch in der Hand. Zu dieser Zeit schrieb ich auch sehr gerne auf einer alten Schreibmaschine. Wann immer ich Zeit hatte, nahm ich mir ein Buch, um den darin befindlichen Text auf ein Blatt Papier zu tippen.

Späterhin als ich im Berufsleben, und die Familie im Vor-dergrund stand, kam das Lesen leider viel zu kurz, was sich aber einige Jahre später wieder änderte.

Verschiedene Ereignisse aus meinem Leben veranlassten mich dazu, diese in Form von Kurzgeschichten niederzuschreiben. Im Laufe der Zeit gesellten sich noch Gedichte hinzu. Es entstand die Idee, alles auf meiner Homepage zu veröffentlichen.

Sehr viel Liebe und Herzblut stecken in meinen Geschichten und Gedichten. Ich möchte damit die Herzen der Menschen berühren, ihre Seele beflügeln und sie für einen Augenblick in eine andere Welt entführen.

Mein Name ist Ulrike **Rosa Bosbach**, ich bin 1949 in Solingen als drittes Mädchen meiner Eltern zur Welt gekommen. Zwei Jahre nach meiner Geburt wurde mein geliebter Bruder geboren. Die Kindheit, und überhaupt mein ganzes Leben habe ich in meiner Geburtsstadt Solingen verbracht. Später habe ich (leider viel zu früh), geheiratet und wurde

selber Mama einer zauberhaften kleinen Tochter, die mir
ein genauso zauberhaftes Enkelkind geschenkt hat.

Einige Jahre später habe ich mich, mehr oder weniger erfolgreich, auch wieder ins Berufsleben gestürzt. Bis ich 1998 an Brustkrebs erkrankte, und das hat mein Leben schon sehr verändert.

Irgendwann im Jahr 2013 entdeckte ich die Liebe zum Schreiben, und ich begann, meine ersten Gedichte zu schreiben. Aus der Liebe wurde Leidenschaft und nach zwei weiteren Jahren erschien mein erstes Buch, und nach einem weiteren Jahr mein zweiter Gedichtband.

Das Schreiben hat mein Denken und Fühlen in eine neue Richtung gelenkt und ihm einen besonderen Sinn gegeben. Ich bin Autorin mit Leib und Seele. Für unsere Tageszeitung schreibe ich hin und wieder einige Gedichte in Mundart.

Linda Marie Haupt wurde im Mai 1959 in Remscheid geboren. Die ehemalige Pflegedienstleiterin ist verheiratet und hat zwei erwachsene Kinder.

Schon seit ihrer Kindheit liebt sie das Lesen, mit dem Schreiben begann sie jedoch erst vor drei Jahren, seit sie auf der Insel Mallorca lebt. Hier setzt sie sich auch privat im Tierschutz ein. Sie schreibt unter dem Pseudonym Linda Marie Haupt, das eine Hommage an ihre sehr früh verstorbene Mut-ter ist.

Bisher veröffentlichte sie in sechzehn Anthologien ihre Gedichte und Kurzgeschichten, weitere erscheinen in diesem Jahr.

Ich heiße **Nicole Franziska Horn** und kam am 08. Februar 1973 als Erstgeborene von zwei Kindern in Würzburg zur Welt. Meine Kindheit war von schweren Schicksalsschlägen geprägt.

Mit achtzehn Jahren lernte ich meinen Mann kennen, bin seitdem glücklich verheiratet und mittlerweile Mutter von zwei wundervollen Söhnen. Seit nun zwanzig Jahren arbeite ich als Heilerziehungspflegerin in einer Wohngruppe für Menschen mit geistigen und psychischen Erkrankungen, was mir großen Spaß macht.

Bereits im Teenager-Alter habe ich immer wieder Gedichte geschrieben und so meine Gefühle zum Ausdruck gebracht.

Jedoch erst im Jahre 2006, nach einem schweren psychischen Zusammenbruch, integrierte sich die Schreiberei so wirklich in mein Leben, und ich hielt meine Gedanken und Gefühle in Form von Gedichten und Texten fest. Ich wählte für meine Veröffentlichungen das Pseudonym Franziska Neidt.

Stefan Schmahl schreibt schon seit jungen Jahren, erst mit Ende Zwanzig wagt er den Schritt, diese auch zu veröffentlichen. Er wohnt und arbeitet in Berlin. Zwei Katzen bestimmen zusätzlich seinen Tagesablauf.

Mit offenen Augen geht er durch die Welt und regt dadurch seine Fantasie an. Stefan möchte mit seinen Geschichten Menschen zum Nachdenken anregen, aber auch berühren.

Sylke Eckensberger: Im Oktober 1967 wurde ich im sächsischen Limbach-Oberfrohna geboren. In dem Ort, in dem ich aufgewachsen bin, lebe ich noch heute, auch wenn er inzwischen nach Chemnitz eingemeindet wurde. Seit 26 Jahren bin ich mit meinem Mann verheiratet und habe zwei Kinder.

Schon als Kind schrieb ich gerne Aufsätze, später dann für meine Kinder Geschichten, die ich ihnen in den Adventskalender packte.

Vor zwei Jahren begann ich Gedichte zu schreiben, die meist mitten aus dem Leben gegriffen sind. So sind eigene Erlebnisse genauso verarbeitet, wie Geschichten von meinen Mitmenschen. Manches entspringt allerdings auch der Fantasie, doch immer mit einem Blick auf die Realität. Auch weiterhin möchte ich Geschichten und Gedichte schreiben so, wie es meine Zeit zulässt.

Anfangs sollte es ein Hobby sein, ein Ausgleich zu einem anstrengenden Beruf - dann aber machte sie mehr daraus. Ihr Pseudonym **Bibi Rend** hat eine Geschichte. Es ist ein Andenken an ihre verstorbene Großmutter.

Geboren und aufgewachsen in dem schönen Fuhrberg verschlug es sie für einige Jahre in die Nachbarstadt Burgdorf. Dort lebte die Mittvierzigerin mit ihrem Mann und ihrer doch recht eigensinnigen Katze rund zehn Jahre. Ihr Herz zog sie zurück in ihr Geburtshaus, in dem sie jetzt mit ihrem Mann und ihrer Katze lebt.

Ihren Brotjob gab sie auf und machte sich selbstständig. Heute kümmert sie sich mit Herz und Verstand um die Werke ihrer Kollegen.

Mein Name ist **Peter Naujoks**. Im Januar 1964 wurde ich in Osnabrück geboren. Mit meiner Frau Silke, meinen Hunden und Katzen lebe ich in direkter Küstennähe.

Meine Hobbys sind die Natur, ihre Bewohner und die Saurierjagd.

Seit 2014 entführe ich die Leser in meine Geschichten, berühre das Herz und rege zum Nachdenken und Lachen an. Mit Wörtern einen Satz zu bilden, das lernt man in der Schule. Mit Sätzen, die Gefühle ins Herz zu leiten und Bilder in den Kopf des Lesers zu setzen, das lehrt das Leben.

Manipura Dantian wurde im Spätherbst 1971 in Khanh Hung heute Soc Trang, Provinz Soc Trang, während des Vietnamkriegs geboren und konnte im Mai 1972 von ihren Eltern mit Unterstützung der Hilfsorganisation Terre des Hommes nach Deutschland adoptiert werden.

Nach dem Abschluss der Hochschulreife, der Ausbildung zur Bankkauffrau und Psychologischen Beraterin (VFP) arbeitete sie im Finanzdienstleistungsbereich. Im Oktober 2002 eröffnete sie ihre eigene Beratungspraxis. Nebenberuflich arbeitet sie als leidenschaftliche Dichterin und Autorin, die aufgrund Eigen- und Fremderfahrungen aus Gedichten und Fotografien lebensnahe, teils ganzheitliche und motivierende Seelenpoesien, Kurzgeschichten und Romane verschiedener Genre entstehen lässt, in denen sich die Seele des Menschen widerspiegelt.

Sunny Claire wurde in Stralsund geboren und lebt in Sachsen, wo sie ihre Freude an der Literatur als Leiterin des Zirkels Schreibender mit anderen teilt. Schon früh in der Kindheit lernte sie, Träume zum Fliegen zu bringen. Mit humorvollen Storys im Gepäck reist die Romantikerin mit ihren abenteuerlustigen Helden zu Lesungen. Auf den Schienen des Landes entstehen ihre Gedichte, Kinderbücher und Reisegeschichten. Ihr Roman und auch ein Theaterstück werden bald erwartet. 2018 beendete sie ihr Studium an Hamburgs Autorenschule und wurde Mitglied im Verband Deutscher Schriftsteller. Sie liebt die Insel Rügen, töpfert, musiziert, malt Landschaftsbilder und gibt Kunstkurse für Kinder.

Nicole Wefer, kein Pseudonym, einfach nur Nicole, Mama von einer schulpflichtigen Tochter und glückliche Ehefrau. Eine Frau, die mit beiden Beinen im Leben steht, aber auch gerne mal Süßes nascht, bei Filmen die ein oder andere Träne vergießt, Bücher verschlingt und leidenschaftlich schreibt.

An ihrem ersten Buch hat sie mehrere Jahre gearbeitet, immer wieder verbessert, erweitert und noch einmal überarbeitet. Im Mai 2015 erschien ihr Debüt ›Kopf gegen Herz‹ in einem kleinen Verlag, von dem sie sich im Dezember bereits wieder trennte. Nun veröffentlicht sie seit März 2017 ihre Bücher im Self Publishing.

Über die Herausgeberin

Selbst schreibt Bianca Karwatt seit 2014 unter dem Pseudonym Bibi Rend. Im Jahr 2015 half sie im Besonderen Autoren mit einer Lese-Rechtschreib-Schwäche, aber auch denen, die Probleme mit der deutschen Sprache hatten, wodurch sie sich sehr schnell einen Namen aufbaute. Bianca Karwatt hat in der Vergangenheit schon mit einigen Verlagen zusammengearbeitet, die ihre Arbeit zu schätzen wissen.

Sie macht auch heute noch keinen Unterschied, für sie sind alles Autoren, egal mit welchem Handicap. Dadurch hat sie sehr schnell einen festen Autorenstamm erhalten, mit dem sie auch heute noch zusammenarbeitet. Viel Wert legt sie auf eine enge, gemeinschaftliche Zusammenarbeit und das dazu noch zu günstigen Preisen.

Für sie Grund genug, Anthologien zu veröffentlichen, um Autoren mit wenig Einkommen den gleichen Service zukommen zu lassen, wie denen, die bessergestellt sind. Zusätzlich möchte sie mit den Anthologien ›Linda Marie Haupt‹ bei ihrem Tierschutzprojekt ›Kleine Notfellchen‹ unterstützen und spendet deshalb einen Teil der Einnahmen.

Weitere Informationen zu dem Service:
www.buchstabenpuzzle.de

Über das Tierschutzprojekt
›Kleine Notfellchen‹

Ich möchte euch gerne erzählen, was wir hier tun auf Mallorca. Denn wenn ihr mich wirklich unterstützen wollt, solltet ihr das schon wissen.

Als wir vor vier Jahren Mallorca zu unserem Wohnort gemacht haben, merkten wir sehr schnell, dass Tiere hier keinen besonderen Wert haben. Schon ein Jahr später wollten wir einen Verein gründen, um richtig helfen zu können. Doch wie das oft so ist, hat sich das leider zerschlagen, da so etwas natürlich Geld kostet und wir das mit unseren Erwerbsunfähigkeitsrenten nicht stemmen konnten.

Geblieben ist der Wunsch, das Bedürfnis, den armen Tieren zu helfen. Hier auf Mallorca gibt es einige »staatliche Tierheime«, doch lasst euch nicht irreführen, die Namen täuschen. Diese Heime sind Perreras - Tötungsstationen! Das bedeutet: Jedes Tier, egal ob Hund oder Katze, hat nach der Einlieferung in der Regel DREI Wochen Zeit, vermittelt zu werden. Gelingt das in dieser Zeit nicht – wird es getötet. Und dabei ist es völlig egal, ob es sich um junge, alte, gesunde oder kranke Tiere handelt. Ich sage in der Regel, denn manchmal, wenn die Perreras nicht überfüllt sind, haben einige die Chance, länger dort zu sein. Ist die Perrera überfüllt, wird ausgesucht: Zuerst die Kampfhunde, dann die großen Schwarzen (die bringen hier Unglück!), dann die Kranken, die Alten und zum Schluss die Welpen. Und dann wird getötet, der Reihe nach. Ungefähr 3000 Hunde und Katzen jedes Jahr.

Es gibt mittlerweile einige private Tierorganisationen unter deutscher Leitung, die in engem Kontakt mit den Perreras stehen, versuchen, so viele wie möglich dort freizukaufen und nach Deutschland zu vermitteln. Wir haben das auch versucht, doch ohne Beziehungen, Geld und Pflegestellen in Deutschland, ist es fast unmöglich, als »Normalmensch« ein Tier zu vermitteln. Vor drei Jahren fanden wir dann, Anfang Dezember, sechs Katzenwelpen im Alter von ca. fünf Wochen im Müll. Damit begann alles. Wir haben sie aufgepäppelt, Tierarzt.... Bekamen von zwei lieben Freunden aus Deutschland zu Weihnachten ein paar Riesenpakete mit Futterspenden. Dann kam das Problem der Vermittlung. Letztendlich haben wir alle, bis auf eine auf der Insel verschenkt. (Arbeitskollegen meiner Kinder) Ich will damit nur sagen, wir machen kein Geschäft damit. Die letzte, der Welpen war fast ein Jahr bei uns, bis auch sie eine Familie fand. Sie hat den Lottogewinn unter den Körbchen gefunden!

Weiter ging es mit einer alten, kranken Dame, die eine Katze mit vier Welpen hatte und sie nicht mehr versorgen konnte, außerdem aufgrund der Krankheit zurück nach Deutschland wollte. Also bekamen wir sie und hin und wieder bekommen wir auch von ihr noch Futter für die Katzen. Im Sommer vor zwei Jahren band man uns eine Kampfhundmischlingshündin an die Tür, sie lebt jetzt bei meiner Tochter.

Eine andere Familie hatte über dreißig Katzen, ging zurück nach Deutschland und ließ zehn davon zurück. Wir haben sie eingefangen sonst wären sie in der Perrera gelandet. Im letzten Jahr hatten wir innerhalb von einer Woche vier kleine Kätzchen ca. vier Wochen alt, aus der Mülltonne. Eines davon mit einem schrecklich entzündeten Auge, das entfernt werden musste und mit Katzenschnupfen. Aber sie hat es geschafft, unsere Ojita und es geht ihr heute gut! Allen geht es soweit gut, wir füttern sie, versorgen sie medizinisch, soweit wir können, ansonsten haben wir eine tolle Tierärztin, die uns gute Preise macht und bei der wir auch in Raten zahlen dürfen. Denn selbstverständlich sind alle kastriert worden, denn noch mehr Katzen - nein, vermehren sollen sie sich nicht. In diesem Jahr hatten wir erst ein Müllkätzchen und die kleine Püppy hat schon bei einem Freund ein neues Zuhause gefunden. Trotz allem versorgen wir täglich über zwanzig Katzen (Unterschiedlich, da immer ein paar Freßfreunde mit dabei sind) zweimal täglich mit Futter, Tropfen gegen entzündete Augen, kleinere Wunden.

Dazu kommen unsere drei Hunde, auch aus Perreras, die wir freigekauft haben, aber nicht vermitteln konnten. Sie bleiben nun. Wir können überhaupt keine Tiere mehr aus den Perreras holen, wir sind voll. (Es sei denn wir bekämen den Auftrag für jemanden, dies zu tun, weil er/ sie ihn haben möchte)

Aber wir können dafür sorgen, dass einige nicht dort landen und dafür setzen wir uns ein. Wer Hilfe braucht, bekommt sie, soweit wir das leisten können. Das ist es ganz kurz beschrieben, was wir hier auf Mallorca tun.

Es gibt auch die Seite »unsere Notfellchen«, auf der immer mal wieder Eintragungen zu finden sind.

Wenn ihr Fragen habt, ich beantworte sie gerne.

Eure Linda Marie Haupt

Weitere Informationen unter:
https://www.facebook.com/unsere.notfellchen

Inhalt

Garteninspirationen 7
Wald der Emotionen 8
Die Biene 9
Das Leben ist bunt 13
Die Stimme des Lebens 14
The Demon Serptens (Leseprobe) 15
Ein Regenbogen 21
Zukunft und Gegenwart 22
Geborgenheit 23
Inselgefühle 24
Älter werden 26
Mondleuchten 27
Späte Liebe 35
Depression 36
Versagt 37
Novembergedanken 38
Mein Baum 41
Im Wald der Emotionen 42
Nächtliches Geheimnis 48
Der Schmerz in mir! 50
Einsamkeit voller Angst 51
Wolken am Himmel 53
Die Gefühle 54
Sturm der Emotionen - Wunden 55
Mohnblumenzauber 57
Babsi Cupidus 58
Die Tiefe seiner Seele 73
Über die Autoren 74
Über die Herausgeberin 80
Über das Tierschutzprojekt ›Kleine Notfellchen‹ 81